구름카페문고·32

그늘의 독법

ⓜ 문학관books

그늘의 독법

●

인쇄일·2024. 11. 20.
발행일·2024. 11. 25.
지은이·노혜숙
펴낸이·이형식
펴낸곳 | 도서출판 문학관

등록일자 | 1988. 1. 11
등록번호 | 제10-184호
주소 | 04089 서울시 마포구 토정로 214 1층
전화 | (02)718-6810, (02)717-0840
팩스 | (02)706-2225
E-mail | mhkbook@hanmail.net

책값·10,000원

ISBN 978-89-7077-666-8   03810

그늘의 독법은 세상을 바라보는 나의 시선입니다. 그 시선에
는 연민과 불안이 이웃해 살지요. 좀체 볕이 들 것 같지 않은
세상의 그늘을 외면하기 어려웠습니다. 그 그늘은 저의 그늘이
기도 한 까닭입니다. 그늘은 희극보다는 비극에 가깝겠지요.
만병통치약처럼 긍정을 말하는 세상에 그늘이라니 볼품없는
삶의 방식으로 비칠 수 있겠습니다. 그러나 그늘의 독법 배후
에는 삶을 향한 긍정의 열망이 숨어 있습니다. 그늘은 어쩌면
그 열망의 다른 얼굴인지 모릅니다.

나의 그늘은 인간의 근원적 외로움과 결핍 그리고 세상의 모
순과 불합리에 닿아 있습니다. 그것들을 직시하고 극복하는 일
이 늘 화두였지요. 삶은 원래 그런 것이고 정답은 없다는 세상
의 말은 혼란스러웠습니다. 용기가 없어서 화두의 중심으로 뛰
어들지도 못했지요. 내 그늘의 독법은 그 화두의 언저리에서
세상을 향해 던지는 질문에 다름 아닙니다. 그 질문들을 통해
보다 섬세하게 삶의 진실에 접근할 수 있기를 바랐습니다.

뿌리는 깊은 어둠 속에서 근력을 키우며 단단해집니다. 뿌리의 노고 없이 꽃과 열매를 기대하긴 어렵겠지요. 그늘도 삶의 한 양식임을 깨닫습니다. 섣불리 그늘의 흉내를 내지 않으려 합니다. 그늘에도 깊이가 있어서 그 온도가 각기 다릅니다. 제 시선의 잣대로 세상 모든 그늘의 깊이를 저울질하는 건 한계를 넘어가는 일이겠지요. 내 그늘의 독법이 가벼운 감상에 머물러 본질을 흐리게 하는 것 또한 경계할 일임을 압니다.

　글쓰기는 내 안의 그늘의 길, 그 궤적을 추적하면서 빛으로 나아가는 여정입니다. 빛과 그늘이 내 안에서 무르익어 마침내 고지에 도달하길 바라지만 지금 이 과정도 괜찮습니다. 해가 기울면 그늘의 색깔도 옅어지기 마련이지요. 그늘이 내게 일깨워주는 생의 서늘한 감각을 잃지 않기 위해 살아있는 동안 읽고 쓰고 사유할 것입니다. 마침내 이 모든 작업이 나 자신과 이웃에 대한 존중 그리고 연민에 깊이 닿아 있기를 바랍니다. 제 그늘의 독법에 온기 어린 시선을 보내준 모든 분들께 마음의 큰절 올립니다.

2024 눈 마중달에

노혜숙

| 차 례 |

제2부
네모에 갇히다

제3부
회색, 그 모색의 시간

제1부

그늘의 독법

시루떡의 항변
햇볕 한 줌
y
떠나지 못하는 사람들
공사 중
태초에 욕망이 있었다
꾼
나는 숨 쉰다, 고로 존재한다
3D로 나를 재구성하다
옆줄
그늘의 독법

시루떡의 항변

  쥔장, 숨이 막힐 지경이네. 나를 이 곰팡이 냄새에서 좀 해방시켜 주게. 잠시 바람이라도 쐬고 싶네. 무엇보다 사람의 손길과 호흡이 간절하게 그립네. 그것이 내 존재의 목적이고 기쁨이란 건 쥔장도 잘 알지 않는가.

  지난번 개봉도 안 된 채 고물상으로 실려 가는 동료들을 보았네. 잉크 냄새가 채 가시기 전이었지. 모든 것이 버튼 하나로 사라지는 세상에선 더 이상 폐지 압축공 '한탸'*의 낭만을 기대하기 어려울 걸세. 그는 폐지로 쏟아져 들어오는 온갖 진귀한 책들을 읽으며 그들의 사상을 사탕처럼 빨아 흡수하던 인간이었지. 조만간 나도 '한탸'가 하루 수 톤씩 처리하던 폐지의 운명에 처하게 될 걸세.

가자미눈으로 당당하게 책장에 입성한 책들을 바라보네. 시루떡처럼 바닥에 쌓인 채 구석에 갇힌 내 입장에선 부럽기 그지없네. 지그문트 바우만이나 노암 촘스키, 헤로도토스에 노자, 신영복 등등 책깨나 읽는 사람이라면 다 알 만한 이름들이네그려. 몇몇 고개 숙이게 하는 책들이 있긴 하지만 허명에 금박만 번지르르한 책들도 많구먼.

책들의 면면을 보면 쥔장의 취향을 짐작할 수 있네. 갈피갈피 밑줄 쳐진 문장들을 분석해 보건대 생에 대한 고민과 애착이 남다르다는 것도 알 수 있겠네. 세상과 인간을 바라보는 시각도 그만하면 균형 잡혔다 할 수 있겠고. 그럼에도 언뜻언뜻 허기와 결핍의 그늘이 느껴지네. 갈증이 허영의 치레를 과하게 덧칠한 흔적도 보이고 말일세.

길을 찾았는가, 그 번듯한 이름의 책들 속에서. 내 보기엔 대부분 고만고만한 자기 생의 고백이거나 방황의 궤적인 듯싶네. 물론 통찰력과 상상력, 사유의 수준에 편차는 있을 걸세. 혜안을 가진 사람들은 그들을 통해 반 보 앞으로 나아갈 수 있는 지혜를 얻을 수 있을 것이네. 어쩌면 그 작은 진보를 소중히 여긴 자들에 의해 문명은 발달했는지 모르지. 그럼에도 세상은 여전히 울퉁불퉁, 공평하지 않네.

이런 풍경은 어떤가. 아롱이다롱이가 모인 평범한 세상 말일세. 저마다 제 모양대로 피어난 들꽃을 보면 비교할 수 없는 매력에 빠져들게 된다네. 모든 존재가 저마다 생명의 찬가를 부르며 생기를 뿜어내지. 존재 자체로 충만한 삶이 인드라의 구슬처럼 연결되어 있지 않던가.

천덕꾸러기처럼 바닥에 켜켜이 쌓인 저 수필집의 함성을 들어보게. 생의 꽃밭을 알록달록 물들이되 과하지 않게 자기 노래를 읊조리는 저들이 바로 들꽃처럼 세상의 밑그림을 그리는 존재들 아니던가. 개중엔 엉겅퀴처럼 고고한 척 가시를 세운 것도 있고, 무더기무더기 비슷한 꼴로 군락을 이룬 것들이 있음을 부인하지 않겠네. 하지만 제아무리 우뚝하다 한들 홀로 숲이 될 수 없는 법일세. 사실 우뚝한 것들을 받치고 있는 것들은 작디작은 풀꽃들 아니던가.

쥔장, 머니와 속도, 감각이 지배하는 사차원의 세계에서 그렇고 그런 일상의 해석들이 무슨 흥미가 있겠냐고 업신여기지 말게. 돌아보건대 인생의 평온과 행복은 그렇게 평범하고 소박한 일상 속에 있지 않았던가. 오늘은 부디 저 시루떡 중 한 켜를 들어내 일독해 보시게. 눅눅한 일상에 분꽃 한 송이 피어날 것이네.

*한탸 : 보후밀 흐라발의 소설 『너무 시끄러운 고독』의 주인공

햇볕 한 줌

느릿느릿 짠지를 꺼내 담던 할머니가 한 말씀 던지신다.

"내 짠지는 절대 안 물러."

할머니와 마주 앉아 막걸리를 들이켜던 할아버지가 눈치 빠르게 거든다.

"암만, 먹어 보면 알지."

대접에 투박하게 썬 짠지가 담겨 있다. 길가의 흩날리던 벚꽃이 고명처럼 얹혀 있다. 손가락으로 하나를 건져 먹는다. 아작아작 씹히는 느낌이 좋다. 간이 세다. 절대 무를 일 없다는 할머니의 말은 믿어도 좋겠다.

노점 장사 수십 년, 할머니의 얼굴은 제 색을 잃은 지 오래다. 땡볕과 눈보라를 버텨내며 검붉게 굳은살이 박인 얼굴, 옹이 같은 생의 흔적이 역력하다. 허리 휘고 뼈마디 성한 데 없는 몸이지만 눈가엔 소싯적 고운 기색이 남아 있다. 그에 비하면 할아버지 얼굴은 희멀끔한 편이다. 이 서 말 가진 홀아비로는 보이지 않는다. 과묵해 뵈는 할머니에게 말을 거는 쪽도 할아버지다. 자분자분 건네는 말꼬리가 살갑다.

두 분은 어떤 사이일까. 오며가며 두 분이 마주 앉아 술을 마시는 걸 본 적이 있다. 어느 궂은 날 비설거지를 거들던 할아버지를 본 적도 있다. 오늘은 꽤 다정해 보인다. 검붉던 할머니 얼굴에 감돌던 홍조는 단지 술기운 탓이었을까. 선뜻 손을 내밀지 않는 내 모습에 말을 거들던 할아버지의 살뜰한 표정은 그저 단순한 영감님의 조바심 같지 않다.

신호가 바뀌는 시간은 삼 분 남짓. 무심결에 주고받는 두 분의 말을 엿듣다 신호를 놓친다. 나 때문에 끊어졌던 이야기가 조곤조곤 이어진다. 할아버지는 줄곧 할머니의 안색을 살피는 눈치다. 할머니는 할아버지가 따라주는 술잔을 받아 기울일 뿐 별 대꾸가 없다. 안달이 난 할아버지의 말이 길어진다. 보일 듯 말 듯 할머니의 얼굴에 미소가 스친다. 그제야 할아버지는 안도의 숨을 내쉬며 술잔을 비운다. 칠순 훌쩍 넘게 옹이 진 세월을 살아 온 여인의 마음을 여는 일이 쉽지는 않을 테다.

'눈 흘길 사람이라도 있으면 좋겠어.' 일찌감치 혼자 된 친구의 말이 떠오른다. 할머니 역시 이 무슨 남세스러운 일이냐고 물리치면서도 수시로 찾아와 말을 걸어주는 할아버지가 싫지 않았을 것이다. 여자 남자의 경계를 진작 넘어서버린 나이. 뜨겁고 달달하지 않으면 어떤가. 데일 것 없는 덤덤한 마음에 스미는 온기도 나쁘지 않다. 꽃 피는 시절에는 알 수 없었던 그늘의 깊이 어루만지며 볕이 되어주는 관계, 아버지의 마음도 저와 같았을지 모른다.

"엄마 돌아가신 지 얼마나 됐다구 할머니를 드나들게 하세요."

아버지 입가에 경련이 일었다. 잠시 침묵이 흘렀다. 아버지는 쉰 목소리로 짧게 대답했다.

"알았다."

어머니 살아계실 때 종종 마실을 오던 이웃집 할머니였다. 영감님은 오래 전에 돌아가셨고 칠순을 훌쩍 넘기셨지만 꽤나 곱상한 얼굴을 가진 분이었다. 동병상련의 처지인지라 허물없이 위로라도 나누고 싶은 마음이었을 것이다. 아버지 역시 이웃집 할머니의 살가운 위로가 싫지 않으셨을 것이다.

철없는 자식은 제 슬픔이 더 커서 병든 몸으로 아내를 먼저 보낸 아버지의 마음을 다 헤아리지 못했다. 어머니 안 계신 집에 할머니가 드나드는 것만으로도 마음이 상했다.

아버지는 지은 죄도 없이 자식 앞에 고개를 숙였다. 그늘진 뒷방으로 거처를 옮기고 일체 외출을 하지 않으셨다. 가끔 베란다에 나와 앉아 지나가는 사람들을 물끄러미 바라보다 들어가는 게 전부였다. 할머니는 더 이상 걸음을 하지 않았고 텔레비전이 아버지의 유일한 벗이 되었다. 아들은 무심한 데다 바빴고 딸들은 제 편할 때 왔다 훌쩍 가고 나면 그만이었다. 아버지는 아내 잃은 상실감을 끌어안고 홀로 병든 몸을 추슬렀다.

내가 무슨 짓을 저질렀는지 깨달았을 때 아버지는 더 이상 곁에 계시지 않았다. 할아버지가 건네는 막걸리 한 잔에 노점상 할머니가 신산한 세월의 옹이를 풀어내듯, 아버지에게 이웃집 할머니의 따뜻한 위로는 한 줌 햇볕 같은 것이었으리라. 홀로 된 노부老父의 적막에 위로커녕 한 줌 햇볕조차 차단해버리다니. 아버지는 예민한 자식의 마음을 다치지 않게 하려고 한마디 변명도 달지 않으셨다. 아버지 가슴에 박았던 대못은 시퍼런 멍이 되어 내 가슴에 남았다.

사거리 할머니의 좌판엔 봄이 무르익고, 위로처럼 꽃잎이

쏟아져 내렸다. 나는 두 번이나 푸른 신호를 놓친 뒤에야 겨
우 길을 건넜다.

y

꽃

그는 늘 거기 있었으나 없는 존재와 같았다. 꽃 피는 봄이거나 단풍 드는 가을 잠시 몽환의 색으로 존재하다 스러지곤 했다. 나의 무심함만큼이나 그 또한 무심하게 자기 시간에 침잠해 있는 존재였다. 무심이 본질인 양 그렇게 정물처럼 뜨락에 서 있었다.

봄이 먼빛으로 아른거릴 즈음이었다. 바람 끝은 차가웠고 벚나무는 여느 때처럼 가볍게 제 몸을 흔들어 허공을 비질하고 있었다. 그때 문득 숨은 그림처럼 y자 형의 잔가지들이 눈에 들어왔다. 찬찬히 그의 몸을 더듬어 내려가던 나는 아예 그가 y자 형의 골격을 기본으로 갖추고 있다는 사실을 알아차렸다. y 형태는 저 암흑의 세상에서 빛을 향해 분열하고 발돋움하던 떡잎시절부터 그의 숙명이 아니었을까. y 형태야말로 잎과 꽃, 가지를 아우를 수 있는 최대효율의 공간 분할이라는 생각이 들었다.

어린 시절 우리 집 마당엔 참죽나무 두 그루가 있었다. 그때는 아버지가 왜 꽃도 열매도 볼품없는 참죽나무를 심었는지 이해하지 못했다. 물론 참죽나무가 장자의 '소요유'에 팔천 세를 봄과 가을로 살았던 나무로 나온다는 사실은 더더욱 알 수 없던 때였다. 가끔 참죽나무를 타고 놀았다. 줄기와 가지 사이의 y자로 된 부분을 발로 딛고 오르면 휘청대는 꼭대기까지 오를 수 있었다. 그때 고개를 꺾고 바라본 하늘은 현기증이 날 만큼 푸르렀다. 아버지는 팔천 세의 장수커녕 팔순의 초입도 넘지 못하고 돌아가셨다.

오래도록 나무는 내게 그냥 나무일 뿐이었다. 그것은 실제 나무가 아니라 개념 속의 나무일 터였다. 나무를 있는 그대로 보게 된 건 순전히 거추장스러운 치레를 모두 떨궈낸 뒤였다. 빈 가지와 가지 사이 푸른 여백 속에서 y의 고공행진을 보았다. 자유분방해 보이지만 방향성에 대한 일정한 규칙을 가지고 있었다. 그날그날의 온기와 냉기를 정확히 읽고 성장을 조절하는 영악함도 있었다. 양분의 분배는 정확했고 절지의 결단은 단호했다. 꽃의 색과 향기, 개체 수도 최선의 비율로 조절했다. 생태에 맞춰 원추형이나 방사형의 형태로 자기를 단장하는 일도 잊지 않았다. 동토의 어둠 속에서도 나무는 들끓었던 한여름의 결기를 다독이며 부단히 비상을 준비했다.

우수가 지나면서 y자 형 가지마다 향우香雨를 기다리는 꽃눈이 팽팽하게 부풀기 시작했다. 가지의 한 마디는 한해 인고의 흔적일 터였다. 지난겨울의 변덕스러운 날씨를 끄떡없이 이겨내고 또 한 번의 꽃 피는 봄을 기다리고 있었다. 나 또한 조바심치며 y자 형 가지 끝에서 피어날 향운香雲의 봄을 기다렸다. 이번 기다림은 단순한 환이 아니라 대지에 뿌리를 박고 호흡마다 생존 전쟁을 치러낸 저 벚나무의 실존적 삶에 대한 경이감일 것이었다.

엉뚱하게도 나무의 y가 내 안의 여성성을 환기시켰다. 생애 푸른 시절 y(남성성)는 나의 환幻이었다. 아니, 욕망이 살아 있는 한 그는 영원히 나의 환일 터였다. 내 몸에서 붉은 꽃이 지고 메마른 사막이 확장되어 가는 동안에도 나의 감각은 끝내 그 환을 놓지 못했다. 이따금 겨드랑이가 가려웠다. 제대로 펼쳐보지 못한 날개가 꿈틀거리며 원시의 충동으로 나를 채근했다. 아스라이 흘러간 봄을 안타까운 몸짓으로 불러내는 내 안의 x(여성성), 문득 거침없는 나무들의 y

행진을 보면서 숨이 가빴다.

산다는 건 사랑하는 일이라고 세상의 y들은 말했다. 사랑하지 않고서는 꽃 필 수 없다고 x들 또한 말했다. 허공에 길을 내는 저 무모한 도전의 원동력은 사랑이라고 y와 x가 한목소리로 맞장구를 쳤다. 유념해야 할 법칙이 있다면 조화의 묘 안에서 움직여야 한다는 것. 무기물을 유기물로 비벼내는 광합성의 신비 그 조화의 틀을 벗어나서는 안 된다는 것이었다. 즉 나무처럼 무한 허공으로 자기를 확장해 가면서도 결코 존재의 뿌리를 잊지 않고 제 크기와 방향, 분수를 조절해가는 절제의 미덕을 잊어서는 안 된다는 것이었다.

한결 온화해진 햇살이 뜨락의 나무를 어루만졌다. 가없는 춘정에 수피의 결이 말랑해지고 있었다. 얼었던 몸 풀어 골골이 단물 흘려보내는지 나무의 몸피가 푸르렀다. 왕성한 피돌기에 꽃눈이 탱글탱글 벙글어 화답했다. 바람은 수다스럽게 가지를 흔들고 짝을 부르는 새들의 목청은 활기에 넘쳤다.

나는 메마른 사막, 푸른 허공에 y나무 한 그루 심는 꿈을 꾸었다. 시간의 뒤축을 좇는 내 허망한 꿈을 웃듯 y나무가 기우뚱 도리질을 했다. 바야흐로 y&x의 계절, 꽃 피는 봄이 내 앞에 있다.

떠나지 못하는 사람들

한 남자가 빠른 걸음으로 역 광장에 있는 쓰레기통을 향해 다가갔다. 먹이를 발견한 맹수처럼 날렵한 동작이었다. 남자는 쓰레기통 안에서 무언가를 주워 올렸다. 삼분의 일쯤 타다만 담배꽁초였다. 그는 불도 붙이지 않은 꽁초를 볼이 우묵 패이도록 깊숙이 빨아들였다. 얼굴 가득 희열의 미소가 번졌다. 꽁초를 입에 문 채 그는 벤치에서 새우잠을 자고 있던 사내의 바짓가랑이를 잡아당겼다. 사내는 신경질적으로 남자를 걷어찼다.

"미친 새끼가 아침부터 남의 단잠을 깨고 지랄이야!"

다 떨어진 운동화가 벗겨질 듯 사내의 발끝에서 대롱거렸다. 아직 술이 깨지 않은 듯 혀가 꼬여 있는 말투였다. 남자는 잽싸게 사내의 발길질을 피하면서 말했다.

"백수형님, 불 쪼까 주실라요…."

"하나 건졌냐, 새꺄?"

사내는 눈도 뜨지 않은 채 땟국에 절은 바지 주머니에서 라이터를 꺼내 던졌다. 남자는 황감한 표정으로 라이터를 주워 담배에 불을 붙이고 거푸 세 번이나 연기를 들이마신 후에야 밖으로 내뿜었다. 그리고는 눈치를 살피며 슬그머니 사내의 발치에 자리를 잡고 앉았다.

"아, 긍께 목을 비틀어도 소용읎당께. 난 빨갱이가 아니단 말씨. 난 착실한 서울대 학생이란 말여. 아이큐 145의 천재. 알아들어?"

남자는 초점이 흐린 눈으로 주변을 두리번거리며 밑도 끝도 없이 유신헌법 철폐를 들먹였다. 그는 미친 남자였다. 그렇다고 그의 말 전부가 허튼 소리는 아니었다. 사실 그는 서울대 학생이었고, 유신정권 시절 고문 끝에 정신 줄을 놓은 남자였다. 그는 다섯 손가락 안에 꼽히는 역의 단골손님이었다. 새우잠을 자던 사내는 남자의 중얼거림에 신물이 난 듯 들은 체도 하지 않았다.

이때 역사 옆으로 난 굴다리 쪽에서 와자하니 시끄러운 소리가 들렸다. 네 명의 남자들이 이쪽의 벤치로 몰려오고 있었다. 하나같이 꾀죄죄한 차림새에 마시다 만 소주병을 손에 든 채였다. 팔자걸음으로 앞장서서 걸어오던 남자는 허리까지 내려오는 긴 머리를 흔들며 내뱉듯 말했다.

"제기랄! 오늘도 허탕이네. 자, 자, 술이나 마시자구."

그들은 벤치에 앉자마자 강소주를 마셨다. 전작이 있었는지 얼굴빛이 불콰했다. 긴 머리 남자가 한 마디 할 때마다 나머지 사내들은 과장된 몸짓으로 맞장구를 쳤다. 그들은 몇 달째 나오지 않는 품삯에 대해 울분을 터뜨리며 말끝마다 욕을 달았다. 벼랑 끝으로 내몰린 들짐승의 사나운 눈빛들을 하고 있었지만 한 가닥 좌절의 속내를 숨기지는 못했다. 시간은 정오로 접어들고, 광장을 떠들썩하게 하던 남자들의 목소리도 폭염 속에 점차 맥이 풀려갔다.

요란한 경적과 함께 전동차가 들어오고 사람들이 역사를 통해 광장으로 쏟아져 나왔다. 그들은 무심하게 정신 줄을 놓은 남자와 새우잠을 자는 백수 사내 그리고 긴 머리 남자 일행을 지나쳐갔다. 밀물처럼 밀려왔다 썰물처럼 빠져나가는 사람들 사이에서 그들은 섬이었다. 긴 머리 남자 일행은 끊임없이 내일을 이야기하는 가운데 바닥난 소주병을 털어 부었고, 부스스 잠이 깬 남자는 허기 어린 눈으로 포장마차에서 뿜어져 나오는 닭꼬치 냄새에 코를 벌름거렸다. 자칭 천재인 남자는 담배꽁초를 찾기 위해 다시 쓰레기통을 되작거렸고, 붉은 띠를 두른 교인들은 불신지옥을 외치며 역 광장을 가로질러 갔다.

나는 이십 년 가까이 동암역 근처에 살았다. 철로가 남북을 가로질러 놓이는 바람에 나는 '남광장사람'이 되었다. 역사驛舍를 다시 지으면서 광장에 나무를 심었다. 나무를 중심으로 둥근 벤치도 여러 개 설치했다. 그 후 역의 풍경은 달라졌다. 사계절 역은 쉬지 못 했다. 광장의 느티나무 역시 마찬가지였다. 지기를 펼 수 없을 정도로 밤낮 사람들이 들끓었다. 애꿎은 원망과 분풀이를 감당하느라 나무의 몸은 늘 상처투성이였다. 나무의 상처는 곧 사람들의 상처이기도 했다.

제집처럼 역을 찾아오는 사람들, 그들은 '고도'를 기다리는 '디디'와 '고고'처럼 광장을 떠나지 못했다. 떠나고 싶어도 떠날 곳이 없는 그들에게 역은 위안의 도피처일 것이다. 사방으로 열려 있는 길은 그들에겐 끝내 포기할 수 없는 희망일지 모른다. 희망은 현실과 이상 사이의 크레바스, 그 어두운 심연을 견디는 힘이기도 하리라.

전동차를 타기 위해 동동거리며 역 계단을 뛰어 오르는

사람들. 일상의 사소한 풍경이지만 누군가에게는 목숨을 걸어 얻고 싶은 꿈의 현실이다. 오늘도 고도는 오지 않고, 떠나지 못한 영혼들의 눈빛은 먼 곳을 떠돌다 역으로 모여들 것이다.

문득 나를 향해 묻는다. '너는 떠난 자인가, 남은 자인가?'

공사 중

    사람들이 약속이나 한 것처럼 한 방향으로 돈다. 나는 운동장의 원을 가로지르거나 반대로 돈다. 앞사람 뒤를 쫓아 헐레벌떡 걷거나, 쌩하니 옆을 지나쳐 가는 것은 내키지 않는다. 갈지자로 뒷걸음으로 자유롭게 걷는다. 속도는 느리고 보폭도 일정치 않다. 내게 걷기는 혼자인 듯 아닌 듯 어스레함 속에 숨어 마음의 허방을 짚어보는 일이다.

    이따금 걸음을 멈추고 별을 바라보는 일은 무구한 기쁨이다. 별자리 이름은 몰라도 좋다. 거기, 별이 있고 여기, 내가 있는 것으로 족하다. 건너편 아파트에서 흘러나오는 불빛에도 눈길을 던진다. 불이 켜지지 않은 창에 더 오래 시선이 머문다. 저녁이면 집에 불이 켜지고 식구들이 모여든다는 것, 그 평범한 일상의 쳇바퀴는 얼마나 눈물겨운 것인가. 집 집에서 흘러나오는 저 불빛이야말로 지상의 아름다운 별이 아니랴.

고개를 숙이면 무수하게 찍힌 발자국들이 지상화처럼 펼쳐져 있다. 비슷한 것 같으면서도 제각기 다른 모양이다. 그 속에서 내 것을 가려내는 일은 쉽지 않다. 아니, 나는 내 발자국 무늬를 모른다. 지나온 걸음을 확인하며 걸었던 기억이 없다. 가로등 불빛 아래 발자국을 찍어 확인한다. 침침한 눈 속으로 나스카 평원의 도형처럼 난해한 내 발자국 무늬가 들어온다.

세상에는 세상을 움직이는 큰 틀이 있고 그 틀을 받치고 있는 작은 규칙들이 톱니바퀴처럼 맞물려 돌아간다고 믿었다. 사람들은 그 틀을 질서라고 불렀다. 내 의지나 욕망은 거기 맞춰 말랑하게 길들여졌다. 혹자는 천지에 아무 것도 확실한 건 없다고 말했지만 나는 회의나 주춤거림 없이 틀 안의 질서에 충실했다. 헷갈림 없는 직진 행보였다.

언제부터인가 완고한 걸음에 균열이 생겼다. 내 안의 골리앗을 겨냥한 무릿매는 무엇이었을까? 야성적 본능, 그로 인해 내가 부서질지라도 부딪쳐 뚫고 나가고 싶은 내 안의 욕망일지 모른다. 그렇게 발가벗겨진 나의 모습이 한낱 진흙이고 허깨비일지라도 그 자체를 받아들이리라는 무모한 용기, 기어이 나로 살고 말겠다는 카인의 후예로서의 근성은 아닐까.

내 발자국 옆에 '욕망, 자유'라고 쓴다. 무심코 동그라미를 그려 그 셋을 모두 가둔다. 문득 무엇이든 쓰기만 하면 동그라미를 그려 가두는 오랜 습관을 발견한다. 이란성쌍둥이 같은 욕망과 자유, 그것을 가둔 저 원만하고 유순해 보이는 동그라미는 무엇일까? 동그라미의 한 끝을 풀어 실마리처럼 잡고 따라가면 욕망의 본질에 접근할 수 있을까. 무수한 현상만 있을 뿐 실체를 잡아채기 어려운 욕망과 씨름하다 한 신전을 떠올린다.

캄보디아의 앙코르 와트. 기적의 신전을 오르는 계단은 가팔랐다. 경배하듯 허리를 구부리고 한 걸음 한 걸음 올라야 했다. 앙코르 와트는 한 나라의 역사, 종교, 당대 사회 욕망의 생생한 전시였다. 신전을 둘러싸고 있는 것은 종교 형상이지만 배후에는 당시 지배자들의 정치권력 욕망이 투영되어 있을 것이다. 정적을 물리치고 등극한 왕들이 자신의 치세를 드러내기 위해 신들에게 바치는 거대한 사원과 건축물을 남겼을 테니 말이다. 한때 흥성했던 대제국의 문명은 정글에 묻히고 백성은 우민화되었으며 남은 건 신전뿐이다. 신전의 크기란 어쩌면 불안하고 허약한 인간의 위태한 실존, 그 욕망에 비례하는 건 아닐까.

한 시대를 풍미했던 신전의 전언이 들리는 듯하다.

'네 안에 무너지지 않을 너만의 신전을 세우라.'

사람은 저마다 하나의 세계라던가. 그 세계는 자기自라는 뼈대로 세울 때 정체성이 확립되는 세계다. 그러나 틀은 사람들에게 집단적인 안정감과 위로를 제공하며 모반을 차단한다. 집단으로부터 벗어나는 순간 그 사람을 공황 상태에 빠트리고 다시 집단으로 회귀하게 만드는 무서운 중독성을 지니고 있다. 틀로부터 홀로서기를 하는 사람들은 처절한 고독과 맞서 싸울 각오를 해야 한다. 마침내 자기라는 한 세계를 세우고 집단과 균형 있는 관계를 이루게 되는 과정은 결코 만만치 않다. 사람들이 섣불리 그 싸움에 달려들지 않는 이유일 게다.

돌이켜보면 내 안의 신전은 늘 공사 중이었다. 짓고 허물기를 거듭했다. 익숙한 것의 안주와 모반의 충동 사이를 수시로 오르내렸다. 신전의 완공은 요원해 보인다. 오늘처럼 쩨쩨하게 운동장이나 내 멋대로 돌다 그것을 자유라고 착각하며 귀소본능의 새처럼 집으로 돌아갈 것이므로.

야간 자율학습 종료 벨이 울린다. 사람들이 하나둘 학교

운동장을 떠난다. 그들이 떠나자 내 안의 깜박거리던 작은 불빛도 사그라진다. 나는 불씨를 살리기 위해 서둘러 집으로 걸음을 옮긴다. 사람이 깃들이지 않는 신전은 폐허라고 생각하면서.

태초에 욕망이 있었다

태초에 눈眼이 있었다. 영화로운 천상과 지상의 낙원을 향유하던 그 시절, 눈은 한껏 무구했고 푸르른 이상으로 충만했다. 어느 날 눈은 금단의 열매를 탐하게 되었고, 그때 이래 죄와 욕망이 지배하는 세상이 되었다고 하는데….

1959년 유월 염천에 나는 3억 대 1의 경쟁률을 뚫고 세상에 합류했다. 한 인간의 시야는 운명의 반경에 비례한다던가. 나의 세계는 봄이 오고 가을이 가듯 순박하고 유순하게 흘러갔다. 미래는 알록달록 무지개였고, 오로지 수평이어서 가파른 운명의 불운 따위는 알지 못했다.

언제부터였을까. 더 이상 무지개를 볼 수 없게 된 것은. 그리고 울퉁불퉁한 세상을 보았다. 세상엔 너와 내가 있고 여자와 남자가 있으며, 높고 낮음이 있고 행불행이 있었다. 사물은 결코 보이는 대로가 아니며 안과 밖이 있어 그 사이를 헤아리는 또 다른 눈이 있어야 한다는 사실도 알았다.

사람들은 눈에 구백 냥의 무게를 두었다. 몸의 다른 기관에 비해 공이 현저함을 두고 칭송한 말일 터였다. 이에 눈은 정보의 창구 역할을 하는 하수이며 몸을 움직이는 동력은 욕망이라는 주장이 대립했다. 갑론을박 끝에 뇌야말로 입력된 정보를 종합, 분석, 판단하는 결정적인 역할을 담당하므로 상수의 자리를 주어야 한다고 결론 내렸다. 하지만 행동의 진짜 동기가 되는 마음이 더 우위라는 형이상학적 철학자들의 주장도 만만치 않았다. 어쨌든 그것들은 상호 보완적 관계이며 분리하면 아무 의미도 갖지 못하는 존재라는 의견에 합의를 보았다.

눈은 그 어떤 것에도 경계와 차별을 두지 않았다. 가치와 의미에 대한 판단은 자신의 소관이 아니라는 듯 정보를 전달하는 창의 역할에 충실했다. 초당 4천만 바이트나 되는 정보들을 흡수했다. 인지되어 이미지로 저장되는 양은 대략 100바이트, 나머지는 무의식 속으로 사라졌다. 혹자들은 사라진 정보들이 마음에 압축 저장된다고 했다. 마음의 결이란 바로 그것들이 시간 속에서 그려낸 무늬인지 모른다. 사람이 눈으로 그만의 독특한 분위기를 담아내는 비밀이 혹 거기에 있는 것은 아닌지.

의식의 방을 기웃거리던 나는 기억이 호명하는 영상에 빠져들었다. 기억의 갈피들엔 기쁨과 슬픔의 그늘이 나란했다. 어떤 슬픔은 아무리 매만져도 결코 말랑해지지 않는 강한 내성을 가지고 있었다. 생애 마지막 숨을 놓던 어머니의 모습은 내 눈이 본 가장 아프고 슬픈 장면이었다. 그 순간 의식을 MRI로 찍었다면 아마 온통 검은색이었을 것이다. 감당할 수 없는 고통 앞에 눈을 감아버리는 이유를 그때 알았다.

눈의 내력이 쌓이는 동안 인간은 마침내 보이지 않는 영역까지 들여다보고자 하는 욕망을 품었다. 생각으로 자기 존재를 증명하고자 했던 데카르트는 도리어 보이는 것을 의심했던 철학자였다. 의식은 빙산의 일각이며 무의식이 인간 행동의 더 큰 동기가 된다는 프로이트의 주장도 오랜 탐구의 대상이었다. 단순히 보는 것만으로 만족지 않고 그 안의 의미를 읽어내려는 노력의 결과였다. 이제 고정된 하나의 시각은 구시대의 산물이 되었고, 천 사람에 천 개의 시각이 가능한 다원주의 세상이 되었다.

그다지 특별할 게 없던 내 삶에 변화가 생긴 건 십 년 전,

몸의 기울기가 완연하던 무렵이었다. 벼랑 끝이 보이는 삶의 위기의식이었을까. 세상이 다르게 보이기 시작했다. 눈은 뒤늦은 호기심으로 빛났고 가슴은 열정으로 달아올랐다. 정보들은 아름다운 기호와 이정표가 되어 나를 자극했다. 나는 눈의 기호들을 언어로 바꿔 쓰는 놀이에 빠져들었다.

사물을 보는 완고한 틀이 사라지고, 가슴은 따뜻하게 열렸다. 주변의 모든 사물들이 하나의 의미가 되어 말을 걸어왔다. 눈을 감아도 보이는 것들이 있었다. 아니, 뇌보다 먼저 가슴으로 기별이 왔다. 사람이든 사물이든 내밀한 소통을 주고받는 관계가 가능해졌다. 저 어린 날처럼 높낮이의 굴곡이 유연해진 수평의 세계, 유희의 세계가 찾아왔다. 삶의 현장엔 여전히 소나기가 쏟아지고 천둥번개가 쳤지만 가슴 속 무지개는 굳건했다.

본다는 것은 결국 욕망의 다른 이름일 터였다. 그 욕망이 있어 삶의 수레바퀴가 돌아간다 싶었다. 눈과 뇌와 가슴은 결코 따로따로가 아니었다. 가끔은 엇박자를 놓기도 하지만 행복이라는 한 방향을 향해 고투하고 있었다. 그동안 무엇을 보았는가, 무엇을 얻었는가. 오랜 시간의 시험 끝에 찾아낸 미로 속 이정표는 단순 소박한 삶의 가치들이었다. 행복이 추구의 대상이 아니라 발견의 대상이란 말은 옳았다.

태초에 눈이 있었다. 욕망이 있었다. 눈은 마음으로 가는 길이었다. 존재로 가는 길이었다. 마침내, 존재의 끝자락에 서 흐린 눈으로 보는 세상은 둥글고 깊었다.

꾼

❀

　쥔장이 어깨를 덩싯거리며 방 안으로 들어섰다. '얼쑤!' 한 소리 내지르더니 덩실덩실 춤을 추었다. 온몸에 흥이 출렁거렸다. 제 집 찾은 길손들을 위한 호탕한 신고식이었다.

　쥔장은 옷자락을 떨치며 호기롭게 책상다리를 하고 앉았다. 흰 적삼에 그려진 동백꽃이 나부끼듯 물결쳤다. 꽃빛만큼이나 불콰한 얼굴에 이매 탈처럼 눈웃음이 자연스러운 사내였다. 지역 행사에서 한恨풀이 춤판을 벌이고 오는 길이라고 했다. 채 가시지 않은 춤의 열기가 후끈했다.

　호리병을 잡아채는 그의 손동작이 날렵했다. 슬쩍 잔에 대었다 들어 올려 내리쏟듯 술을 따랐다. 질박한 잔에 쌀뜨물 같은 탁배기가 시냇물 소리를 내며 쏟아졌다.

"짜증은 내어서 무엇 하나 성화는 받치어 무엇 하나 속상한 일도 하도 많으니 놀기도 하면서 살아가세~"

흥겨운 쥔장의 권주가에 길손들은 이구동성 "조오타!" 화답했다.

별러서 떠난 남도 여행이었다. 대나무 숲이 울울창창한 삼다리 마을 '명가헤'에 여장을 푼 참이었다. 사위는 칠흑같이 어둡고 개구리는 저녁내 울었다. 자정 넘어야 운다는 소쩍새도 찾아와 추임새를 넣었다. 몇 순배 술이 돌고 너도나도 빗장이 풀릴 즈음이었다. 눈을 지그시 감은 쥔장이 읊조리듯 노래를 불렀다.

"꿈이로다 꿈이로다 모두가 꿈이로다 너도 나도 꿈속이요 이것저것이 꿈이로다 꿈 깨이니 또 꿈이요 깨인 꿈도 꿈이로다 꿈에 나서 꿈에 살고 꿈에 죽어간 인생 부질없다 깨려는 꿈, 꿈은 꾸어서 무엇을 헐거나."

권주가를 부르던 때와는 전혀 다른 분위기였다. 탄식하듯 어루만지듯 애조 띤 가락에는 굽이굽이 신산한 삶의 곡절이 담겨 있었다. 앉은 채로 추는 절제된 춤사위에서도 서리서리 감아낸 농익은 감성의 일렁임이 느껴졌다. 한바탕 꿈속을 헤매다 가는 인생살이의 덧없음이 흥건한 취기처럼 몸을 휘감았다.

창을 멈춘 쥔장은 다시 휘모리장단으로 이야기를 이어갔다.

"잡놈이 되지 말고 한량이 되거라, 생전에 아버님 하신 말씀이지라. 일찍이 내 꼴을 알아보신 것 아니것소. 그 말씀대로 지는 '감성무'를 추는 한량이 되어 부렀소. 그냥 내 마음의 소리를 따라 추는 춤꾼이지라. 그때그때 신명대로 추는 막춤이랑게요. 유명짜한 선생 밑으로 들어가 배울 기회가 있었으나 거절해 부렀소. 난 틀에 박힌 춤이 싫소. 그것은 진짜 내 춤이 아니지라. 진정한 나의 본질에 도달하지 못한단 말이어라. 개뿔, 형식 같은 건 없소. 그냥 터져 나오는 대로 내 흥에 따라 노래하고 춤추는 이대로가 좋당게요. 세상에 흥 없는 사람 어딨것소. 자기 안에 내재된 흥을 알고 끄집어낼 줄 알면 누구나 꾼이 될 수 있당게요."

얼쑤, 이 발칙한 한량 보소. 초야의 이 춤꾼은 자신이 무얼 원하는지, 그 목적지에 이르기 위해 어떻게 해야 하는지 정확히 알고 있었다. 스스로 더듬어 길을 찾은 자의 당당함이 배어 있었다. 그의 말은 어쩌면 모든 예술가들이 도달해야 할 궁극의 지점이 아닐까 싶었다. 자신이 그린 지도를 따라 고지를 향해 가면서도 얼씨구절씨구 흥을 잃지 않는 변방 한량의 '한 말씀'이 잠자고 있던 내 안의 흥을 들썩이게 만들었다.

자리가 파하고 뜨끈한 방에 누워 쥔장의 말을 되새김질했다. 마음이 춤을 추는 '흥'의 경지, 비밀은 단순했다. '마음의 소리를 따라 움직이니 춤이 되었다. 무엇보다 내가 춤을 추고 내 마음이 춤을 춘다. 그로써 되었다.' 그는 정말 행복해 보였다. 나는 내 안의 소리에 얼마나 귀 기울였던가. 오로지 그 소리에 따라 춤을 추었던가. 스스로 그러함을 받아들이고 당당했던가. 도리질을 치다 슬그머니 진양조장단의 푸념이 흘러나왔다.

'여보시오 한량님네, 사람을 움직이는 게 마음이고, 교巧로 마음을 얻을 수 없다는 것 정도는 나도 아오. 그런데 자신이 원하는 게 뭔지 아는 일은 생각처럼 쉽지 않더이다. 내 것인 줄 알았던 욕망이 십중팔구 남의 것이더란 말이외다. 마음의 소리를 듣는다 한들 그대로 사는 게 만만허것소. 원체 생겨먹은 모양이 그렇거니와 요런조런 세상 틀이 장애물처럼 곳곳에 있더란 말이오. 그러다보니 노상 흥의 절정 팔부 능선쯤에서 헐떡이다 되돌아오게 되더이다. 그 싸움을 이기고 '꾼'의 경지에 오른 쥔장이 부럽소. 나는 어느 세월에야 마음과 어깨를 걸고 얼쑤 얼쑤, 내 노래를 완창해 볼거나.'

지금 내 앞의 구부 능선을 가로막는 장애물은 무엇인가. 머잖아 동은 터 올 판인데 뒤척뒤척 애먼 소쩍새 울음 탓하며 짧은 밤을 지새웠다.

나는 숨 쉰다, 고로 존재한다

  그것은 형태라기보다 그림자에 가까웠다. 색이라기보다 바래고 묽어져서 색이란 색은 모두 휘발된 후의 잔상 같은 것이었다. 멀리서 바라보는 그것은 희끗하고 가뭇없어서 아지랑이처럼 아른거렸다. 가까이 다가가서야 실 나부랭이처럼 가느다란 줄기 끝에 핀 꽃을 볼 수 있었다. 꽃에 남아 있는 희미한 색의 흔적이 아니었다면 나는 그것이 살아있는 식물이라고 믿기 어려웠을 것이다.
  꽃들은 희부연 먼지를 뒤집어쓴 채 겨우 살아 있었다. 꽃잎은 마른 종이처럼 바스락거렸고 가시처럼 따가웠다. 몇 달 동안 지속되는 건기를 살아남으려면 한 줌 습기조차 아껴야 했을 것이다. 땅 속 깊은 곳의 뿌리를 지키기 위해 한 호흡의 숨도 허투루 하지 않았을 것이다. 번식의 소명을 위해 어둠 속에서 안간힘으로 생을 움켜쥐고 있을 뿌리를 생각했다. 오로지 견디고 기다리는 일밖에 할 수 없는 그것들의 운명이란 얼마나 가혹한가. 痛으로 通을 뚫고 가는 생의 장면은 비장했다.

메마른 땅의 생을 움켜쥔 뿌리처럼 목숨을 구하기 위해 줄이란 줄은 죄다 매달고 있던 어머니를 생각했다. 한 줌 숨도 허락되지 않아 콧줄까지 꿰고 있던 어머니는 한 달여 만에 숨을 놓았다. 숨을 거두자 모니터의 가녀린 곡선이 수평으로 가라앉았다. 숨길 따라 흐르던 뜨거운 피는 차갑게 식고 말랑하던 손발은 나무토막처럼 뻣뻣해졌다. 잠든 듯 무심한 얼굴에는 건널 수 없는 저 세상의 아득함이 번져 있었다. 들락날락 허파를 부풀게 하던 그 숨이 결국 목숨이었던 것이다.

세상에 제일 어려운 게 무엇이냐는 물음에 '숨 쉬는 것'이라고 대답한 사람이 있었다. 인생의 목표가 숨을 잘 쉬는 일이라는 말을 들었을 때 나는 농담으로 여겼다. 세상에 그보다 쉬운 일이 어디 있겠냐며 코웃음을 쳤다. 그 싱거운 말의 진의를 깨닫게 된 건 혈육의 죽음을 겪고 나서였다. 살아 있다는 건 숨을 쉬는 일에 다름 아니었다. 너무 당연해서 그 존재조차 의식하지 못했던 숨이 인간 생명의 출발과 마지막을 함께 하고 있었다. 숨은 몸 안의 통로였다. 숨길이 막히면 그 어떤 권력자나 철학자 종교인도 목숨을 부지할 수 없었다. 숨길이 트여 있어야 피가 돌고 피가 돌아야 일상이 돌아가는 것이었다. 숨에 대한 자각은 삶을 수동적 태도에서 능동적으로 재구성하는 계기가 되었다.

숨을 통한 생명의 순환은 물질적 육체만의 문제는 아니었다. 인간은 숙명적으로 관계의 존재였다. 요람에서 무덤까지 관계 여부에 따라 인생의 희비가 엇갈렸다. 목숨이 숨에 의지해 있다면 관계의 핵심은 소통의 숨길에 달려 있었다. 그 길에 잡다한 오해와 원망이 쌓이면 관계는 불협화음을 일으키다 끝장나기 마련이었다. 사소한 오해로 평생의 관계가 깨지는 경우를 여럿 보았다. 육체의 숨이 몸 안 여러 기능들의 조화에 의해 순환되듯 관계의 소통에도 공감과 배려라는 通의 비결이 있었다. 문제는 그 비결을 소홀히 여기다 파국에 이른다는 것이었다.

나는 관계 지향적인 사람이었다. 일단 관계가 형성되면 오래 지속되는 유형이었으나 어쩌다 내가 먼저 보낸 사람도 있었고 먼저 나를 떠난 사람도 있었다. 한때는 둘도 없는 인생의 동무라고 믿었던 사람도 있었다. 멀어지는 줄도 모르게 타인이 되더니 이제는 기억에도 희미한 존재가 되었다. 아릿한 통증의 여진이 있는 걸로 보아 그 친구가 먼저 나를 떠난 모양이었다.

인간사 그러려니 하고 받아들이면서도 쓸쓸했다. 미움과 원망 속에 헤어진 것은 아니었으니 그나마 다행이라고 해야 할까. 관계의 단절은 어느 날 갑자기 들이닥치는 것 같지만 조짐은 있었다. 서서히 막혀오는 소통의 숨길을 방치했을지 모른다. 오래된 관계에서 오는 느슨함이 원인일 수도 있고 나이를 먹으면서 옹색해진 처지나 오그라든 마음이 부담일 수도 있었다. 호의의 이유가 사소하듯 단절의 이유라고 특별한 것은 아니었다. 살아 있으니 영영 이별은 아니라고 믿고 싶지만 진즉 숨길이 막혀서 끝나버린 관계라고 보는 것이 맞을 것이다.

심장에 손을 얹고 고요히 내 숨결에 집중한다. 들숨날숨의 기운이 사막의 꽃들처럼 가녀리다. 오래 전 낡아버린 몸이지만 다정하게 보듬으며 살 것이다. 산다는 건 숨을 나누는 일일 터, 사소해도 좋다. 숨길이 흐르는 동안 곁에 있는 이들의 작은 기척을 알아차리며 살고 싶다. 그 기척들이야말로 너무 당연해서 무심히 흘려보낸 일상의 선물들이었으니. 적막했던 숨길에 소박한 꽃들이 피어나길 꿈꾼다. 나는 오늘도 그렇게 숨을 쉰다, 고로 존재한다.

3D로 나를 재구성하다

매장 안이 기괴할 정도로 조용하다. 번쩍거리는 '3D프린팅' 로고만이 시선을 압도할 뿐이다. 주문, 결재, 생산, 배송까지 모두 디지털 방식으로 완결되는 '3D프린팅' 마켓. 무인 안내데스크 앞으로 다가간다. 일정 거리에 이르자 센서가 작동하고, 더없이 경쾌한 여성의 음성이 흘러나온다.

고객님, '3D프린팅' 세계에 오신 것을 환영합니다. 무엇을 도와드릴까요?

저어… '나'를 주문하려고 합니다. 말하자면 나를 재구성하고 싶다고나 할까요.

네, 어떤 방식으로 재구성하기를 원하는지 구체적으로 말씀해 보시죠. 예를 들면 있는 그대로의 복제와 부분 수정 복제가 있는데 그에 따라 가격이 달라집니다. 품목별 가격은 모니터 화면을 참고하시면 되고요. 내면 수정에는 별도의 요금이 부과됩니다. 그리고 *표가 되어 있는 대뇌와 해마 수정 비용은 시가를 적용합니다. 결정이 어려우시면 모니터를 통해 다양한 수정사례들을 보시고 참고하실 수 있습니다. 또 수정 이후 자신의 모습을 미리보기 기능을 통해 살짝 엿보실 수 있습니다.

아, 네! 먼저 내적 성향에 대한 수정 품목부터 구매하겠습니다. 현재 상태에서 열등감 45%, 자존심 40%와 이기심 20%, 소심증 20% 톨스토이에 버금가는 진지함 20%를 삭제해 주세요.

참고로 삭제 품목은 추가 품목보다 20% 비용이 저렴합니다. 추가 품목은 없으신가요?

추가 품목은 용기 60%, 결단력 40%, 감성 30%, 유머 30%, 영악함 15%, 섹시 5%, 뻔뻔함 3%를 구매하겠습니다.

그리고 눈가의 생기 50%, 피부 색조 50% 상향 조절 가능할까요?

네, 가능합니다. 더 이상의 주문은 없으신가요? 미리보기 기능을 사용한다면 지금까지 구매하신 것을 근거로 수정된 미래 고객님의 모습을 모니터에서 확인할 수 있습니다. 중간 수정은 일 회 허용되고, 내면 수정 신뢰지수는 +− 0.5% 수준입니다.

와우, 눈의 생기만으로도 한결 활기 있어 보이네요. 그간의 사례들을 믿고 주문하도록 하겠습니다. 중간 수정은 지정된 날짜에 화상통화로 하도록 하지요.

네, 감사합니다. 모니터에 제시된 품목별 가격과 전체 구매 금액을 확인해 주시기 바랍니다. 고지사항을 미리 말씀 드리면, 수정 이후 다소의 인간성 상실과 정체성 불명이라는 부작용이 있을 수 있으므로 수정과 삭제 품목을 신중히 선택하시기 바랍니다. 그리고 단순 변심으로 인한 취소의 경우 미리 지불된 예약금은 환불되지 않습니다. 주문에서 완제품이 출시되기까지 일주일 정도의 기간이 소요되며 무상

A/S 기간은 3년입니다. 주문완료 하시겠습니까? 완료하시면 바로 스캔 시작하겠습니다.

 인간성 상실이란 말보다 정체성 불명이란 말이 귀에 걸리네요. 뭐 더 이상 잃어버릴 정체성이란 게 남아 있을지 모르지만요.

 투자의 손익을 저울질하다 구매 완료를 누른다. 앞으로 이십 년 나답게 인생을 재구성해서 살 수 있다면 충분히 남는 장사 아닌가. 어쩌면 이것이야말로 살면서 내가 한 가장 신명 나는 투자인지 모른다. 규범에 얽매이고, 시선에 움츠리고, 스펙에 주눅 든 그간의 내 인생은 이제 굿바이!

 '3D프린팅'은 꿈의 테크놀로지다. 모든 부품을 갖춘 완성된 자전거를 한 번의 클릭으로 만드는 세상이다. 프린트한 악기로 연주를 하고 프린트한 고기로 점심을 먹을 수도 있다. 코넬 대학은 환자의 갈비뼈에서 채취한 세포로 귀를 프린트했고, 샌디에이고 소재 연구회사인 '오르가노보'는 간세포를 프린트하는데 성공했다고 한다. 뿐인가. 캘리포니아의 엔지니어링 교수인 베록 코쉬네비스는 집 한 채를 전기 및

배관 공사를 포함해 하루 안에 3D 프린트로 만들겠다는 계획을 내놓은 상황이다.

지금도 어디선가 야심 많은 천재들은 온전한 인간 복제를 꿈꾸고 있을 것이다. 이쯤 되면 '3D프린팅'은 복사 개념이 아니라 창조 개념이라고 주장하는 일이 생길지 모른다. 그럼 나를 재구성하고 싶다는 저 엉뚱한 꿈도 현실이 되는 날이 올지 누가 알랴. 그런데 보자, 3D로 나를 재구성한다면 그 삶의 주도권은 누구에게 있다고 해야 하나?

* 3D프린팅(3차원 인쇄) : 디지털화된 디자인 데이터를 활용해 인쇄하듯 물체를 만들어 내는 방식.

옆줄

혹 끼쳐드는 냄새처럼 육감으로 감지되는 기미나 조짐이 있다. 오랜 시간 몸에 배어서 그만의 체취가 되어버린 독특한 냄새. 숨탄것들의 비릿한 살 냄새. 기미와 조짐을 읽어내는 능력은 오랜 생존의 위협 속에서 체득되고 체화된 본능일 터. 그 원초적 감각으로 인간은 아군이나 적군 혹은 타인을 구별한다.

청어 떼의 이동을 다큐로 본 적 있다. 부서지는 햇빛 속에서 그것들이 하얗게 배를 뒤집을 때 바다는 한 덩이 빛무리로 요동친다. 흡사 먹이를 노리고 달려드는 백상아리처럼 날쌔고 유연한 군무. 바닷속 세계에서도 덩치의 권력은 막강하다. 거대한 무리를 이룬 청어 떼의 이동은 덩치 큰 포식자로

하여금 쉬이 접근하지 못하게 하는 하나의 전략이다. 그 눈속임이 언제나 성공하는 것은 아니지만 시력 나쁜 물고기에겐 한순간 상대에게 혼란을 주고 위기를 모면하게 하는 방법이다.

수천 마리 청어가 한 몸처럼 떼를 지어 이동하지만 사상자는 없다. 물고기 몸통에 나 있는 옆줄 때문이다. 옆줄은 물의 온도, 흐름의 방향, 속도와 진동을 느끼게 하는 역할을 한다. 그 덕분에 속도를 맞추고 일정한 거리를 유지할 수 있다. 서로 찔리지 않고 자유자재로 유영이 가능하다. 무엇보다 옆줄은 포식자가 나타났을 때 빠르게 알아차리고 도망갈 수 있도록 신호를 보낸다. 눈은 가려도 무리에서 이탈하지 않을 수 있지만 옆줄이 없으면 길을 잃고 방황한다고 한다. 옆줄은 생존을 위한 필수 경계선인 셈이다.

인간의 옆줄은 물고기처럼 단순하지 않다. 무덤에서 요람까지 관계 속에 살고 관계 속에 죽는 존재. 사랑하고 미워하는 일이 모두 관계 속에서 벌어진다. 아프다는 건 찔렸다는 것이고 찔릴 만큼 가까웠다는 것이다. 찔렸다는 건 경계를 넘었다는 것이고 경계를 넘었다는 건 그것을 허용했거나 방임했다는 것이다. 고통의 기미나 조짐을 무시했다는 것이다. 죽을 때까지 배우고 연습해도 제대로 된 옆줄 갖기는 쉽지 않다. 청어처럼 선명한 옆줄을 가지고 있다면 사는 일이 수월했을까.

관계의 옆줄은 무엇일까. "태초에 말씀이 있었다." 인류 시초의 장엄한 서사가 말씀으로 시작된다는 경전의 언명은 말의 무게와 의미를 헤아리게 한다. 보이지 않는 것을 드러내고 비로소 어떤 시작을 가능하게 하는 말. 애석하게도 이 풍진 속세에서 인간의 말은 청어의 옆줄처럼 미덥지 않다. 말이 나고 자라는 토양과 온도가 다르고 발화된 말이 착지하는 환경에 따라 다양한 해석과 변이가 일어나기 때문이다. 게다가 내면의 밑절미를 거치지 않은 말들은 도리어 관계를 어지럽히고 공중부양하기 일쑤다. 나이 들수록 귀는 완고해지고 가슴은 식는다. 진실은 멀고 오해는 가까워진다. 어쩌다 이성이 옆줄의 기능을 조율하지만 효율성은 낮다. '우리'라는 끈끈한 유대 속에서 홀로이면서 동시에 함께 호흡하는 관계는 쉽지 않은 것이다. 그럼에도 나는 끊임없이 잔잔한 물살처럼 '너'라는 기슭에 가 닿기를 꿈꾼다.

외롭거나 구속이거나, 관계는 흔히 그 둘 사이를 오르내린다. 청어의 저 유연한 거리, 함께이되 따로인 그 거리를 지키는 일은 왜 그토록 어려운가. 완전한 관계의 갈망과 허무 사이에서 인간이 도달해야 하는 바람직한 관계의 자리는 어디일까. 집착은 괴롭고 적당한 거리는 외롭다. 생이 가진 무분별한 욕망 앞에서 나는 대체로 속수무책이었던 것 같다. 꽤 긴 세월 생의 굽잇길을 돌아왔으나 아직도 나는 그 성숙한 거리의 깊이를 알지 못한다. 그럼에도 끊임없이 함께의 가치를 꿈꾸면서 청어의 옆줄을 궁리해보는 것이다.

그림 형제의 동화 《브레멘 음악대》에는 쓸모를 다하여 폐기될 운명에 처해진 당나귀와 개, 닭과 고양이가 등장한다. 그들은 용기를 내어 지배자에게서 탈출했고 브레멘에 가서 음악대를 결성하자는 꿈을 꾼다. 그 여정에서 장애물을 만나지만 각기 맡은 역할로 조화와 협력을 이루면서 그들의 삶을 지켜낸다. 서로 다른 개성이 장점이 된 놀라운 결과였다. 그들이 원하는 지향점에 온전히 도달하진 못했지만 과정 자체로 의미는 충분했다. 부조화 속의 조화, 따로이면서 함께인 관계 그리고 좋은 삶을 위한 옆줄은 무엇인지 생각게 하는 동화다.

오늘도 많은 사람들이 곁을 스쳐 갔다. 대개는 무심한 타인이다. 어쩌면 인간에 대한 후각을 상실한 나의 무딘 감각 때문은 아닐까. 아니, 우린 지금 서로 그렇게 멀리서 바라만 보면서 어쩔 수 없었다고 후회를 반복하고 있지는 않은가. 무명無名의 담백한 시간 앞에 이르러보니 알 것 같다. 아군과 적군이 따로 있는 게 아니라 그렇게 분별하는 내가 있을 뿐이라는 걸. 인간의 옆줄은 경계선이 아니라 환멸의 자리에서 바라보는 인간, 크게 달라질 것 없는 그 비속의 모습을 있는 그대로 긍정하는 내 마음자리인지 모른다.

그늘의 독법

1

"너 어쩌다 이렇게까지 망가졌니?"

여자의 말소리가 벼락같이 귓전으로 달려든다. 혼잡한 오거리 한복판에서다. 여자는 분이 풀리지 않는 듯 발을 구르며 속사포처럼 말을 쏟아낸다. 중년의 남자는 주머니에 손을 꽂은 채 멀리 허공을 바라본다. 한 줌의 허기조차 남아 있지 않은 눈빛이다. 자기를 놓아버린 자의 무덤덤한 표정, 그에 비하면 여자의 분노는 차라리 생의 건실한 의욕에 가까워 보인다. 무슨 죽을죄를 지었을까. 그는 미동도 하지 않은 채 여자의 폭언을 소나기처럼 맞고 있다.

남자의 눈빛은 잠자리까지 나를 따라와 뒤척이게 만든다.

한때 그는 잘나가던 사람이었을지 모른다. 여자의 말대로 망가지기 전까지는. '망가짐'이란 여자의 말이 선언처럼 들린다. 더 이상 회복할 수 없는 두 사람의 관계를 확신시키는 말로도 들린다. 여자의 어조는 눈빛만큼이나 단호하고 앙칼지다. 남자의 눈빛 또한 복구 불가능한 상태를 암시하고 있다. 그것은 여자와는 달리 자기 자신을 향한 것으로 보인다. 그는 이미 절망조차 가벼워진 상태, 한 발짝을 저 세상으로 들여놓은 듯한 표정이다. 무엇으로 '망가진' 남자의 눈빛에 생기를 불어넣을 수 있을까. 무엇으로 추락한 그의 바닥을 일으켜 세울 수 있을까.

　남자의 눈빛이 까마득히 지층에 묻혀 있던 어린 날의 그늘을 불러들인다. 아버지가 서울에 좋다 하는 직장을 마다하고 내려왔을 때 어머니는 낙심했다. 그 밤 어머니는 야멸치게 아버지를 몰아붙였고 아버지는 종내 대꾸가 없었다. 어머니는 서울로 가고 싶어 했고 아버지는 고향에서 농사를 지으며 단순소박하게 살고 싶어 했다. 어머니의 호된 푸념에 고개 숙인 아버지를 훔쳐보며 나는 찔끔 눈물을 흘렸다. 예닐곱 살의 성숙한 맏이였던 나는 자는 척 눈을 감고 있었으나 쉬이 잠들지 못했다. 그 후 나는 고집스러우리만큼 아버지 편을 드는 딸이 되었다.

그늘로 떠밀린 남자의 눈빛이 아버지의 기억과 맞물려 스산하게 가슴을 흔든다. 내가 여자의 분노보다 남자의 절망에 더 마음이 쓰인 것도 그 때문인지 모른다. 그래, 사철 꽃밭인 생이 어디 있으리. 벼랑 끝에 피는 꽃이 더 아름다울 수도 있지 않은가.

2

알몸에 가까운 여인들의 사진이 꽃잎처럼 흩뿌려져 있다. 유명 개그맨이 엄지를 들어 올리며 어서 오라 손짓하는 모텔 앞이다. 사진 속 그의 표정은 당신의 쾌락을 확실하게 책임지겠다는 자신감으로 가득하다. 감각의 제국시대, '소돔고모라'는 여전히 성업 중이고, 개인들은 뻔뻔하고 당당하게 욕망의 깃발을 흔든다.

꽃잎들은 하나같이 파릇파릇 아리땁다. 눈부신 피부에 터질 듯 풍만한 가슴, 바비인형처럼 잘록한 허리, 매혹적인 눈빛, 그야말로 최고의 섹시미를 자랑하는 미녀들이다. 포토샵으로 가공된 완벽한 미끼. 푸른 눈 검은 눈 잿빛 눈을 반짝이며 달콤하게 속삭인다. '나를 사세요. 완전, 황홀한 밤을 선물해 드릴 게요.'

사람들은 무심히 꽃잎들을 밟고 지나간다. 쭈그리고 앉아 몇 개의 꽃잎을 줍는다. 구둣발 자국이 나 있는 푸른 눈의 꽃잎을 들여다본다. 한 점의 부끄러움도 없이 요염하게 웃는다. 가짜 웃음도 돈이 된다는 걸 일찌감치 알아버린 영악한 꽃잎들. '누가 너희를 향해 돌을 던질 수 있겠니…' 자식을 둔 어미는 함부로 입 찬 말을 할 수가 없다. 길가에 밟히는 저 꽃잎 하나하나 그 부모에겐 세상의 무엇과도 바꿀 수 없는 보배인 것을.

한꺼풀 안쪽에 감춰진 꽃잎들의 그늘이 만져지는 듯하다. 이역의 낯선 남자들에게 하얀 꽃잎을 내맡길 때 그들은 이미 사람이기를 포기했을지 모른다. 최대한 매혹적인 상품이 되지 않으면 고객을 만족시킬 수 없다는 사실을 체득했을 것이므로. 단순한 충동과 배설 사이에도 순간의 연정은 스칠 수 있겠으나 자신이 상품이란 사실은 결코 잊지 않을 것이다. 하긴 이 자본주의 사회에서는 고급과 하급의 차이만 있을 뿐 상품이기는 마찬가지다. 차라리 몸으로 밥을 버는 자신들이야말로 정직한 게 아니냐고 항변할지 모른다.

길을 가던 중년 남자가 슬그머니 꽃잎 한 장을 줍는다. 주위를 두리번거리다 나와 눈이 마주친다. 푹 꺼진 눈가에 다크서클이 진하게 테를 두른 얼굴이다. 남자는 허청대는 걸음으로 나를 지나쳐 간다. 통 넓은 바짓가랑이 사이로 바람이 들랑거린다. 남자는 꽃잎을 바지주머니에 찔러 넣고 '천국김밥' 집을 기웃대다 해장국집 안으로 사라진다. 한 장의 꽃잎을 주머니에 품고 사내는 잠시나마 꽃멀미를 맛보고 싶은 것일까. 바닥과 바닥의 판타지 만남, 왠지 포개진 바닥의 욕망에서는 아릿한 슬픔의 냄새가 날 것 같다. 세상에 백퍼센트의 슬픔은 없다던가. 꽃잎들아, 다만 살아 있으라. 때가 되면 동토凍土에도 꽃은 피리니.

3

동암역 광장에선 갈 곳 없는 남정네들이 삼삼오오 낮술을 들거나 시비를 거는 장면을 심심치 않게 볼 수 있다. 한 뼘 남은 양지쪽에 한 노숙자 차림의 남자가 외따로 앉아 핸드폰을 들여다보며 히쭉거리고 있다. 어지러운 세상사는 내 알 바 아니라는 듯 태평한 얼굴이다. 남자 옆에는 깨진 플라스틱 쓰레기통에 소주병 몇 개와 담배꽁초 그리고 교회 전도지가 들어 있다. 전도지에는 '당신은 어디로 가고 있습니까?'란 문구와 함께 이정표가 그려져 있다.

'당신은 어디로 가고 있습니까?' 톨스토이는 절박하게 그 질문에 대한 답을 찾고 싶어 했다. 답이 없는 삶은 의미가 없다고 생각했다. 그는 벽에 걸어 두었던 총을 보이지 않는 곳에 감추어 둘 만큼 자살충동을 자주 느꼈다. 그만큼 그에게 인생의 목적은 중요한 문제였다. 결국 그는 위대한 문학과 사상을 남긴 채 거리에서 죽음을 맞았다. 그의 책 《참회록》에는 그 질문에 대한 절절한 고백의 여정이 들어 있다. 젊은 날 그의 책을 성경처럼 끼고 다닌 적이 있었으나 어디로 가는지에 대한 질문은 끝내 미제로 남았다.

디오게네스처럼 한 줌 햇살이면 족한 노숙자에게 인생의 방향에 대한 질문이 무슨 의미가 있을까 싶다. 그에겐 오늘 하루 이 순간, 핸드폰을 들여다보고 혼자 웃는 것 이상의 욕망이 있을 것 같지 않다. 아니, 어쩌면 그런 욕망 따윈 진작 내려놓아야 살아남을 수 있다는 게 더 정확한 표현일지 모른다. 바닥의 사람들에겐 여인의 부드러운 피부, 김이 모락모락 나는 말랑한 밥, 어느 따뜻한 휴양지의 여유 같은 것은 아예 허락되지 않을 것이므로.

그는 고립된 섬이다. 누구도 그에게 관심을 두지 않고 그역시 세상의 그 무엇에도 관심이 없어 보인다. 오로지 핸드폰만이 세상과 자기를 연결하는 유일한 끈이다. 그의 내력을 더듬는 일은 무의미하다. 이 시절 노숙자란 너무나 흔한 이름이기에. 그는 벙거지를 깊이 눌러 쓰더니 툭툭 털고 일어나 또 다른 온기를 찾아 자리를 옮긴다. 훨훨 가벼운 몸짓, 옆구리에 낀 가붓한 보퉁이, 세상에 근심이라곤 없어 보이는 표정. 역을 스쳐가는 수많은 사람들 중 가장 편안한 얼굴이다. 문득 궁금하다. 날이면 날마다 어수선한 정국을 규탄하는 시위 소식이 대문짝하게 실리는 세상, 자기가 가는 방향을 알고 가는 자와 그렇지 않은 자의 차이는 무엇인가? 지금 세상은 어디로 가고 있는가? 우리는 아니, 나는 과연 저 노숙자보다 잘 살고 있다고 어떻게 확신할 수 있는가?

4

젊은 시절 남편은 고두밥을 좋아했다. 조금만 질어도 이게 죽이지 밥이냐고 퇴박을 놓았었다. 그러던 남편이 얼마 전부터 진밥을 요구한다. 진밥을 입에 넣고도 한참을 씹는다. 그뿐 아니다. 평소 아무렇지 않게 먹던 김치 줄거리를 질기다며 옆으로 밀어 놓는다. 나는 백발 영감도 되기 전에 무슨 투정이냐며 눈을 흘긴다. 물끄러미 나를 바라보던 남편은 고개를 숙인 채 묵묵히 밥을 먹는다. 설거지를 하면서 문득 남편이 몇 년 전부터 치과에 드나들고 있다는 사실을 떠올린다. 치아는 물론 잇몸이 허물어지고 있다는 증거다. 말없이 밥을 우물거리던 남편의 홀쭉한 뺨을 생각하자 명치끝이 아려 온다. 밥이 목숨과 다르지 않은 베이비부머 세대, 치아도 자존심도 허물어져버린 남편을 위해 매일 진밥을 지어 바친다.

나는 단순 반복적인 일상을 견디지 못한다. 해도 해도 표안 나는 집안의 허드렛일들이 그렇다. 때론 도를 닦는 심정으로 설거지나 청소를 한다. 세상에 밥 먹는 일보다 절실한 일이 흔치는 않을 것이다. 밥그릇을 부시는 일 또한 경건에 버금가는 일이어야 할 테지만 그보다 하찮게 여겨지는 일이 또 있을까 싶다. 폼 나게 자기 일을 하는 사람들이 부럽다. 남의 손에 쥔 떡을 기웃거리며 제 안에 그늘을 만든다. 뽀득뽀득 그릇들을 닦으며 덕이란 마치 보이지 않는 그릇의 굽을 닦듯 해야 하는 것이라고 나를 다독인다.

속되다고 눈 아래 취급하던 트로트가 귀에 들어온다. 쉰이 넘어서다. 설거지를 하다 말고 주걱을 든 채 춤을 춘다. 주걱 끝에 묻어 있던 밥알이 바닥에 떨어져 밟혀도 개의치 않는다. 노래가 끝날 때까지 몸을 흔들며 씻김굿이라도 하듯 춤을 춘다. 이는 어쩌면 내가 그토록 폄하해 마지않던 트로트와의 화해, 트로트라면 요지가지 노래를 꿰고 있던 남편 취향에 대한 긍정의 몸짓인지도 모른다. 자기 속의 흥이 자연스럽게 발현하도록 자아를 개방하는 것, 욕망과 몸이 흥 속에서 어우러져 온전한 자기가 드러나게 하는 것, 어떤 리듬에 실리든 그것은 건강한 인간의 충동이다. 남편은 진작 트로트의 범속함이야말로 포장하지 않은 삶의 진면목임을 알고 있었는지 모른다.

무심코 바라본 싱크대 거울 속 여인의 얼굴이 편안해 보인다. 나는 주걱을 들고 허허롭게 웃고 있는 그녀를 향해 흔쾌히 엄지를 치켜 준다. 나는 달라졌다. 언제부터인가 집안의 자질구레한 일을 하면서도 콧노래를 흥얼거렸다. 남편의 고두밥과 진밥 사이의 그늘도 가슴으로 안았다. 결국 존귀와 비천, 삶의 그늘과 햇볕은 마음먹기에 달린 것이라는 만고불변의 진리에 안착했다.

나폴리 식당에 가면 포도주를 손에 든 해골 그림을 어렵지 않게 볼 수 있다고 한다. 조만간에 닥칠 자신의 운명을 돌아보라는 메시지일 테다. 화면에 클로즈업 되는 해골의 뻥뚫린 두 개 눈이 낯설지 않다. 나는 그 검은 눈에서 오거리 한복판에서 보았던 남자의 공허한 눈빛과 아버지의 풀 죽은 눈빛을 본다. 모텔 앞 꽃잎들에게서 본 요염한 눈빛, 핸드폰에 고개를 박고 키득거리던 노숙자의 무심한 눈빛도 본다. 아니, 쓸쓸하게 나를 바라보던 남편의 눈빛과 밥주걱을 들고 막춤을 추던 아낙의 허허로운 눈빛도 본다. 해골의 검은 눈은 세상의 그늘진 눈과 닮아 있었고 동시에 모든 눈빛을 무화시키는 절대 고독과 어둠을 지니고 있었다. 이제까지의 혼돈과 방황에 종지부를 찍는 서늘한 눈이었다.

저 엄연한 종착지에 이르는 길은 여러 갈래일 것이다. 어떤 길을 선택하느냐는 결국 각자의 몫일 테다. 시기와 우연이 만들어내는 가혹한 운명의 조건 속에서 그늘을 극복하고 바닥에 삶을 세우는 일은 결코 호락호락하지 않다. 그동안 나는 세상의 터럭 하나 구원하지 못할 연민을 의무인 양 끌어안고 살았다. 그 바람에 그늘에 치여 산 날이 많았다. 인생의 그늘 독법에 비법은 없었다. 자신을 긍정하며 밀고 나가는 길밖에는. 대신 깊이를 얻었고 세상과 어우러져 사는 지혜를 얻었다. 비로소 깨닫는다. 나를 일으켜 세운 것은 그늘의 힘이었다는 것을.

제2부

네모에 갇히다

진지충

✳

    꿈틀꿈틀, 난 수상한 시절인연으로 '진지충眞摯蟲'이란 별칭을 갖게 된 '사람'이다. 그에 대한 사전적 정의는 다음과 같다.

    진지眞摯: 말이나 태도가 참답고 착실함.

    충蟲: 벌레.

    벌레의 어원: 한국어 '벌레'는 세소토어 beleha(to beget)에서 유래한 것으로서, 애를 얻는다는 뜻이니, 우글거리는 '곤충의 애벌레'를 의미한다.

    두 단어를 합치면 말이나 태도가 참답고 착실한 벌레란 뜻이 된다. 뒷말이 앞말을 뒤집고 억누른다. 참답고 착실하면 벌레, 구더기 같은 애벌레로 비하되는 세상이다. 가볍고

초감각적이고 안개처럼 무상한 세상에서 진지는 무겁고 부담스러울 테다. 감정 과잉이고 에너지 낭비로 여겨지기 십상이다.

진지충의 특징은 매사 의미부여하기다. 말이든 사물이든 본질적으로 왜? 왜? 의미를 파고든다. 사실 골치 아프고 피곤한 일이긴 하다. 세상만사 어디 그리 명쾌한 해답이 있던가. 가장 우매한 질문은 형이상학적인 것이라지. 답이 없는 문제에 연연하지 마라, 대충 넘어가라, 그냥 즐겨, 그냥 사는 거야, 그래야 벌레가 되지 않을 수 있어. 혹자의 충고다.

진지충은 낯가림이 심한 편인 데다 비사교적이다. 특히 놀이방에서의 처신은 젬병이다. 가능한 구석에 앉는다. 술잔이 오가고 그 술보다 더 취하게 하는 말들이 오간다. 성적 배설의 카타르시스가 질펀하다. 진지할수록 초라해지는 자리, 혼란스럽다. 그들은 정말 그 허망한 말들의 성찬을 즐기고 있는 것인가? 농담조차 토론의 화두로 바꿔버리는 진지충의 진지야말로 상대를 뒤집어지게 하는 요소다.

특히 진지충의 연애 스타일은 따분하다. 생각이 많다보니 재는 시간이 길다. 바람은 당연히 사절. 고지식하게 사랑 앞에 진정성을 강요한다. 21세기 대부분의 사랑은 호르몬의 농간이고 애당초 무모한 감정의 유희라는 사실을 믿지 않는다. 지금의 예스는 단지 지금만 유효하다는 사실도. 열 번 발등을 찍힐지언정 사랑에 대한 믿음을 버리지 못하는 우직한 로맨티스트이기도 하다.

진지충의 이웃사촌은 설명충說明蟲이다. 그 둘을 동시에 지닌 충은 왕따를 면치 못한다. 진지하다 보면 설명이 길어지기 쉽다. 눈치 없이 친절한 금자 씨가 되는 거다. 말의 속도는 결코 생각의 속도를 따라가지 못한다. 경청 여부는 단 몇 초 만에 판가름난다. 진지는 무겁고 설명은 거추장스럽다. 더구나 이모티콘 기호가 말을 압도하는 시대, 세련되고 싶다면 진지와 설명은 엿 바꿔 먹으라는 세상이다.

꿈틀꿈틀, 귀도 가렵고 생각도 가렵다. 말이나 태도가 참답고 착실한데 왜 벌레가 되어야 한단 말인가? '더 이상 의미를 묻지 않는 세상은 영혼 없는 전문가들로 넘쳐나게 된다'고 말한 철학자는 빅터 프랭클이었던가. 시대가 변했다고? 미친 속도에 휘말려 멀쩡한 사람 벌레 만드는 세상 따라가는 건 잘 하는 일인가? 감히 사람에게 벌레란 별칭을 부여하는 그들은 누구인가? 배후 주동자는 필경 이 시대 영악한 마키아벨리의 후예들이 섬기는 유일신 물신주의일 터다.

진지충은 예의 그 진지한 사고를 발휘하여 그들의 의중을 헤아린다. '한 마디로 난 너보다 훨씬 잘났어. 난 널 벌레라

부를 자격이 있지. 넌 나와 같은 줄에 설 자격이 없어. 불쾌해. 내 밥그릇 넘보지 말고 꺼져.' 비하 속에 깃든 그들의 근거 없는 특권의식은 얼마나 위험한 폭력인가? 제아무리 그럴듯하게 포장을 해도 결국 제 밥그릇 지키기 위한 불안에서 나온 공격적 표현들 아닌가.

벌레의 종류는 또 얼마나 다양한지. 아이를 제대로 단속하지 않는다고 맘충, 의학전문대학원 나와 의사가 된 사람들을 비아냥대는 의전충, 농어촌 전형이 포함되는 기회균형선발전형으로 들어온 학생들을 '기균충', 지역균형선발을 비하한 '지균충'이란 말도 나왔다. 일베충, 무뇌충, 로퀴충, 페북충…. 앞으로 새로운 이름을 가진 아니, 더 자극적인 이름을 가진 인간벌레들이 출현할 것이다.

사실 벌레는 인간과 공생하는 파트너이고 생태학적 관점에서는 자연의 균형을 잡아주는 역할도 크다. 게다가 벌레를 미래의 식량자원으로 고려하고 있는 마당에 오직 박멸의 대상으로만 볼 존재가 아닌 것이다. 인간을 해충, 벌레로 비하하는 그 시선에는 약자에 대한 관용과 배려는 없이 시장주의 효율성 관점으로만 대상을 보는 냉혹함이 있다. 사는 게 전쟁이라지만 그 전쟁의 진정한 승리는 사람을 사람으로 대접하는 공생의 방식에서 나오는 게 아닐까.

기진맥진한 진지충의 귀에 한소리가 명료하게 들려온다.

'못 말리는 진지충, 또 설명이군. 역시 부담스러운 존재야. 감히 우리의 양심을 건드리다니!'

꿈틀꿈틀, 진지충은 힘껏 겨드랑이 가려움을 떨치고 자라목처럼 움츠러들었던 감성 촉수를 활짝 편다. 바야흐로 혐오스러운 허물을 벗고 화려한 변신을 할 날이 도래한 것인가.

기호의 제국

✳

대답할 말이 얼른 떠오르지 않습니다. 사사로운 취향에 관한 물음일 때는 더 그렇습니다. 선택 전에 일어나는 무의식적 충동에 대해서는 나도 잘 모르기 때문입니다. 그 충동이 안에서 온 것인지 밖에서 온 것인지도 모호합니다. 다만 어떤 대상을 향해 쏠리는 그 욕망에서 어슴푸레 혹惑의 질감을 느끼곤 합니다.

이탈리아 여행 중에 꽤나 멋을 부리고 베네치아 곤돌라를 타고 돌아온 저녁이었습니다. 동생이 주저하는 눈빛으로 말했습니다.

"언니, 그 스카프 구찌 짝퉁인 거 알지?"

나는 대꾸 없이 동생의 다음 말에 귀를 세웠습니다.

"대놓고 명품 흉내를 낸 거잖아. 여기가 구찌 원산진데 좀 창피하다."

굳이 브랜드를 의식하고 산 것은 아니었습니다. 우연한 취향의 일치라고 한들 너무 알려진 브랜드다 보니 변명의 여지가 없었습니다. 스스로는 거리낌이 없었으나 창피하단 말은 귀에 걸렸습니다. 진짜를 알아보는 눈들 속에서 진짜인 '척' 행세하는 가짜의 존재란 비루하기 마련이니까요.

내게 스카프란 약간의 멋과 보온을 더해주는 도구일 뿐이었습니다. 그러나 누군가에겐 자신의 정체성과 신분을 밝혀주는 상징일 수 있습니다. 명품에 부여된 환상성은 실재보다 더 실재적으로 그걸 소유한 사람의 이미지를 탁월하게 꾸며줍니다. 사람들이 그 이미지를 사기 위해 기꺼이 비싼 값을 지불하는 것도 그 때문이겠지요. 이제 광고는 더 이상 상품의 필요 가치와 기능을 말하지 않습니다. 상품을 소유함으로서 갖게 되는 귀족적 이미지에 초점을 맞추지요.

명품 시장은 지금 인간의 인정 욕망을 먹이로 폭풍 성장 중입니다. 부의 이동이 명품 쪽으로 갈 것이라는 예측조차 나오고 있는 상황입니다. 명품을 대표하는 브랜드 LVMH 회장 베르나르 아르노가 22년 12월 일론 머스크를 제치고 세계 일등 부자가 된 것도 우연은 아닐 것입니다. 그 기업의

과제는 욕망을 끌고 갈 수 있는 원동력이 무엇인가를 탐구하는 것이라고 합니다. 기호의 제국은 그렇게 해서 탄생하는 것이겠지요. "디즈니랜드는 환상의 기호이고, 할리우드는 화려함의 기호이며 마릴린 먼로는 섹스의 기호, 스타벅스는 세련됨의 기호, 나이키는 도전의 기호이고 에르메스나 루이비통 같은 명품은 부의 기호"이며 그 기호들엔 엄청난 가격이 매겨져 있습니다. 사람들은 이제 상품이 아니라 기호를 소비함으로서 자신의 존재를 드러냅니다.

인정 욕망은 상호 작용 속에 더 가파른 상승세를 탑니다. 타인의 욕망이 내 욕망이 되고 내 욕망은 타인의 욕망이 됩니다. 그렇게 중첩 모방된 욕망은 자본주의와 맞물려 눈먼 야생마처럼 질주를 멈추기 어렵습니다. 많은 젊은이들이 '삼포' '오포' 속에 근근이 삶을 이어가는 현실 한편에서 밥은 편의점 김밥으로 때우고, 집은 단칸방에 살지언정 차는 로터스를 탄다는 게 MZ 세대의 생활방식이라고 합니다. 어떤 이들은 취향의 문제라고 하지만 명품에 대한 욕망이 흔히 과시나 타인과의 구별 짓기에 맞닿아 있음을 부인하기 어려울 것입니다.

사실, 세상에 정말 나를 사랑하는 사람들은 열 손가락을 채우기가 쉽지 않습니다. 나에게 아무 관심도 없는 타인의 인정을 위해 그토록 비싼 대가를 치러야 하다니요. 명품이라는 '경제적 신분증명서'가 나를 포장해준다 한들 그것이 진짜 나는 아닐 것입니다. 자기 가치감의 결핍은 타인의 평가로 채워질 수 없기 때문이지요. 끝내는 무저갱 같은 소유와 과시의 욕망을 좇다 기호의 제국의 노예로 인생 종주를 끝내게 될 수 있습니다. 이 순간에도 끊임없이 나를 증명해 보일 태세로 타인의 시선을 의식하는 나를 느낍니다. 기호의 제국에 입성해 그 쾌락을 맛본 적은 없으나 이때껏 그 언저리에서 꺼둘려본 사람의 고백이니 단순한 시샘만은 아닐 것입니다.

샤넬이 생의 긴 여정을 마치면서 남긴 말은 의미심장합니다. "내 인생은 실패였다." 명품 브랜드와 귀족들에 둘러싸여 럭셔리한 삶을 살았던 그녀의 삶은 늘 불안했고 허기져 있었습니다. 샤넬이란 명품 브랜드로 수많은 사람들의 욕망을 추동했던 그녀의 내면은 결코 럭셔리하지 않았던 것입니다. 소유만으로 행복할 수 없다는 진부한 결론 뒤에 문득 함석헌 선생의 시가 떠올랐습니다. "온 세상이 나를 버려 마음이 외로울 때 '저 맘이야' 하고 믿어지는 그런 사람을 가졌는가." 나는 단번에 두 친구를 떠올리며 미소 지었습니다. 내 슬픔과 고난을 살뜰하게 보듬어준 친구 덕에 자존감과 품위를 지킬 수 있었습니다. 세상에 사람보다 귀한 명품은 없겠지요.

욕망 자체가 죄는 아닐 것입니다. 인간은 욕망을 지닌 존재로서 환경과 상호작용하면서 기쁨과 괴로움을 경험하며 살아갈 수밖에 없습니다. 욕망 없는 삶의 활기도 없겠지요. 문제는 나의 욕망과 타인의 인정 욕망 사이의 균형입니다. 과도한 인정 욕망에 치어 죽지 않으려면 기호의 제국의 환상을 직시하고 욕망이라는 야생마와 사이좋게 여행하는 법을 배워야겠습니다. 저 휘황한 기호들의 환상과 거리를 둘 때 혹시 욕망이라는 야생마의 고삐를 쥐게 될지도 모르니까요.

생생, 기척을 내다

❋

기척 하나

장흥長興으로 가는 길은 멀었다. 유치면有治面의 골짜기들은 그보다 더 멀고 깊었다. 지리산 줄기의 웅장하고 호쾌한 산세 속에 인간의 길들은 초라했다. 헐떡거리며 겨우 산으로 기어들고 있었다. 길을 에워싼 숲은 강성했다. 억세고 거친 푸름 속에서 내뿜는 숲의 냄새는 비리고 달았다. 어둑시근하고 서늘한 숲은 안쪽에 가파른 벼랑을 숨긴 채 적막했다. 가로 지름을 허락하지 않는 산길은 산세를 따라 요동치고 굽이치듯 흘러갔다. 안간힘을 다해 골짜기로 파고들던 길은 마침내 두 채의 인가 앞에서 꼬리를 감추었다. 박모의 심심산골에서 인간의 기척을 만나는 일은 눈물겨웠다. 나무에

묶인 개가 혼자 빈 집을 지키고 있었다. 개는 순해 터지게 우두커니 서서 꼬리만 흔들었다. 마당가의 백일홍은 저 홀로 농염하고 장마 통에 웃자란 풀은 꽃나무 밑을 치받쳐 오르고 있었다. 건너편 집 창문에서 흐린 불빛이 새어나왔다. 거기 사람이 살고 있다는 사실만으로도 골짜기는 넉넉히 아늑했다. 문득 사람이 없는 풍경이란 얼마나 쓸쓸한 것인가 싶었다. 부대끼며 상처를 주고받으면서도 인간의 마을에서 떠나지 못하는 이유가 거기 있으리라. 사람과 사람 사이의 온기, 그것은 어쩌면 서로를 의지한 채 가파른 벼랑을 견디는 나무들의 생존의지 같은 것이 아닐는지. 나는 인가가 있는 마을로 내려와서야 비로소 평안했다.

기척 둘

장흥 재래시장에 토요 장이 섰다. 초대가수와 반라의 무희들이 노래와 춤으로 한껏 사람들의 흥을 돋우었다. 주민들의 노래자랑도 질펀하게 이어졌다. 삼십 대쯤으로 보이는 한 남자가 무대 아래서 춤을 추었다. 노래가 끝나도 춤을 멈추지 않았다. 열기로 달아오른 얼굴은 불콰했다. 무아의 지경을 헤매는 듯 초점이 없는 눈을 하고 있었다. 썩 잘 추는 춤은 아니었으나 못 추는 춤도 아니었다. 사람들은 두 푼쯤 모자라는 그를 장흥의 명물이라고 불렀다. 장이 서는 날 사람들은 여지없이 무대 아래서 그 남자를 볼 수 있었다. 벌어진 판인 데다 저 좋아하는 짓이니 굳이 흉 될 일도 아니었다. 그의 춤은 나날이 발전해서 주변에선 꽤 알아주는 명물이 되었다. 장터 사람들은 따끈한 한 끼 밥과 술로 그를 대접했고, 남자도 그 이상 바라지 않는다고 했다. 춤을 추는 남자의 얼굴은 무구해 보였다. 한 판 춤에 한 끼 밥과 한 잔 술로 행복할 수 있는 사람. 다소 모자라 보이긴 했으나 행복지수는 결코 모자라 보이지 않았다. 사람들은 나를 그 남자보다는 멀쩡한 사람으로 구별할 것이다. 멀쩡하기 때문에 나는 더 행복했던가. 오히려 그 멀쩡함으로 타인을 판단하거나 나를 옭아매어 불행하게 하지는 않았던가. 나를 이롭게 하지 못하고 타인에게 덕이 되지도 못하는 멀쩡함이 두 푼 모자람보다 나은 게 무엇인가? 낯선 여행지에서는 내가 더 선명하게 들여다보였다.

기척 셋

용케 하루를 비켜 간 장맛비가 오늘은 드디어 손님맞이를 제대로 할 모양이었다. 새벽부터 텔레비전에서는 연신 장마전선이 남하했다는 소식을 내보냈다. 금방이라도 비가 쏟아질 듯 하늘은 어두컴컴했고, 습기를 머금은 대기는 축축하고 후텁지근했다. 장흥의 가지산迦智山 보림사寶林寺로 가는 길은 한적했다. 한참 만에 타이탄 트럭과 낡은 승용차가 지나갔을 뿐이었다. 풀숲에선 찌르레기 소리가 요란했고, 도로 옆 불어난 개울물은 물풀들을 쓰러뜨리며 소리 내어 흘렀다. 골짜기에서 피어오른 물안개는 능선을 타고 온 산으로 번져갔다. 빗방울이 떨어지기 시작했다. 바람이 거세게 불고 빗줄기는 이내 장대비가 되어 쏟아졌다. 물은 금세 도랑을 이루고 흘렀다. 운동화에 물이 스미고 바짓가랑이가 젖어들었지만 숙소로 돌아갈 생각은 하지 않았다. 젖은 신발 안에서 물이 잘박거렸다. 아예 신발을 벗어들었다. 아스팔트의 단단한 질감과 함께 물의 차가운 기운이 발가락 사이로 스며들었다. 유쾌한 장력이었다. 직립보행의 생생한 실감이 온몸으로 전해졌다. 맨발의 가벼움이 온몸의 가벼움으로 연결되었다. 발가락은 모처럼 원시의 활기를 되찾고 씩씩했다. 한 걸음씩 내디딜 때마다 일사불란하게 움직이는 관절들의 조화는 감격스러웠다. 맨발의 자유, 오랫동안 잃어버렸던 몸의 야생성 앞에 나는 한껏 쾌락했다. 포개진 산맥 아랫자락 농무 속에 보림사는 고요했다. 빗속을 뚫고 들려오는 목탁 소리. 그보다 명징한 사람의 기척이 어디 있으랴. 정신의 불모를 일깨우는 소리, 그것으로 충분했다. 나는 산문을 들어서지 않고 보림사를 지나쳤다.

生生

산다는 것은 기적을 내는 일이다. 그렇다면 여행은 기적을 확장하는 일이리라. 낯선 곳에서의 기적은 헐겁고 신선하다. 골짜기의 불빛이나 장터의 명물, 보림사의 목탁소리도 모두 산 인간의 기적이 아니던가. 떠나는 일은 나의 기적 위에 너의 기적을 포개는 일이다. 그렇게 生生, 살아 있음을 확인하는 일이다.

무명씨의 전언

✳

누구신가요, 당신은. 얼마나 오래 이 '꽃무덤'에 잠들어 있었던가요? 이름도 없이 번호로 남은 당신, 덧없는 인연 내려 놓고 훨훨 자유로운가요? 무너져 내린 무덤가엔 풀꽃만 무덕무덕 피었습니다. 죽은 자의 세계는 참 평등합니다. 빈부귀천 남녀노소 구별 없이 한 줌 흙으로 돌아가 무無와 공空으로 평정되니 말입니다.

적막 세계에 계신 당신, 지금 세상은 어지럽게 들끓고 있습니다. 코로나19 바이러스 때문에 숱한 생명이 무참하게 죽어 나갑니다. 불안은 안개처럼 뭉텅뭉텅 삶을 집어삼키고 세계 질서는 안팎으로 뒤흔들리고 있습니다. 위태위태한 생존의 소용돌이 속에서도 생의 맥박은 숨 가쁘게 뜁니다. 청

승맞은 산비둘기 울음에 귀 기울이다 부질없는 상념의 메아리만 중얼중얼 받아 적습니다.

'세상살이 그저 고요하고 잠잠하길 바라는가. 그건 더 이상 산 자의 세상이 아닐세. 시끌벅적 요란한 게 바로 살아있다는 증거 아닌가. 고대 한 지혜자의 말처럼 "해 아래 새로운 일은 없다"네. 전염병 역시 인류 역사 이래 늘 있어왔던 일 아닌가. 코로나19 바이러스 또한 극복해야 할 실존의 한 현상일 뿐이네. 전염병 예방을 위한 하수도 시설 덕분에 파리는 세계적 도시가 되지 않았던가. 문제는 인간의 무한 욕망을 무한 긍정으로 부추기는 현대 자본주의의 착취와 파괴에 자연이 역공을 시작했다는 것이겠지. 자연을 제대로 대접하지 않는 한 더욱 진화된 재앙들이 목을 죌 걸세. 자연은 스스로 항상성을 유지하는 자기 완결적 성질을 갖고 있기 때문이지. 인공지능 시대의 개화를 앞두고 호들갑을 떨던 인간들은 이제 통째로 걸어온 길을 짚어 볼 필요가 있을 것이네. 우주적 관계의 사슬고리 속에서 너와 내가 공동체 운명이라는 평범한 진리를 뼈저리게 자각해야 할 때란 말일세. 더 늦기 전에 코로나19 바이러스 출현이 삶의 패턴만 아니라 사고의 패턴도 바꾸게 하는 계기가 되었으면 좋겠네.

불안이라고 했던가. 불안은 인간의 존재 조건 중 하나일 세. 누구도 죽음이라는 한계를 벗어날 수 없기 때문이지. 삶의 여정이란 어쩌면 그 한계와 불안을 극복하기 위한 몸부림일지도 모르겠네. 하지만 잘만 다독이면 문명, 철학, 예술이 될 수도 있는 게 불안이네. 저 찬란한 종교적 신전들이야말로 죽음에 대한 불안의 증표 아니겠는가. 그 불안을 바탕으로 하이데거나 키에르케고르는 한 세기를 특징짓는 철학 사조를 만들어냈다네. 뭉크는 그림 '절규'를 통해 죽음의 공포와 불안을 극명하게 보여주기도 했지. 뿐인가. 위대한 문학예술의 배후는 대부분 실존적 불안으로 점철되어 있다네. 죽음의 역설이라 할까. 불안을 향해 웃을 수 있다면 충직한 우군이 되어줄 텐데 말일세.

나는 진작 한 줌 흙이 되었고, 완전히 잊힌 자가 되었네. 한때는 누군가의 기억 속에서 애틋한 존재였을 터이나 그도 잠시잠깐의 인연일 뿐. 사철 다르게 피어나는 꽃과 풀들만이 내 벗일세. 어쩌다 자네처럼 무덤가에 앉아 넋두리를 늘어놓다 가는 사람도 있다네. 한 점 먼지가 되어보면 알 것이네. 흔들림이든 불안이든 산 자의 꽃노래라는 걸. 生은 실존일세. 지금 자네는 시끌벅적한 세상에 있고 나는 바이러스도 비켜가는 침묵의 세계에 있네. 이보다 명징한 경계가 어디 있겠는가.

꽃 피고 짐과 같이 인생도 그러하다네. 지는 게 두려워 피는 걸 주저하는 꽃을 본 적이 있던가. 여한 없이 피고, 여한 없이 질뿐이라네. 무덤에 핀 꽃만 보지 말게. 자네도 꽃일세. 자기가 꽃인 줄 모르는 생은 헛것이네. 울타리 안의 장미를 탐하지 말게. 앉은뱅이 꽃이든 장다리꽃이든 다 제 흥에 겨워 피는 것이네. 흥에 겨워야 가볍게 비상할 수 있다네. 비교의 올가미에 걸려들지 말게. 평생 남의 옷을 입고 살게 된다네. 비바람을 원망 말고, 흔들림도 부끄러워 말게. 수시로 흔들리면서 매번 깨어나는 삶, 그것이 죽은 자와 산자 사이에 있는 인간의 모습일세. 아직 피어 있을 때 활짝 피시게. 꽃 필 철에 지는 계절을 생각함은 생에 대한 예의가 아니라네. 짓밟히고 꺾일지라도 생존 의지만큼은 꺾이지 않고 살아내야 하는 게 실존이네. 자, 이제 무덤을 떠나게. 삶의 진수는 상념이 아니라 온몸으로 뚫고 나가는 실존 현장에 있는 법이니.'

넋두리에 화답이라도 하듯 무덤 위 풀꽃들이 일제히 꽃대를 흔들어댑니다. 꽃 질 나이가 되어 보니 알겠습니다. 생의 모든 순간이 꽃이었다는 걸. 상실했기에 더욱 소중한 순간

순간들, 그 상실의 아픔 속에서도 반짝이는 순간들을 놓치지 않고 누릴 수 있다면 인생은 살만하게 아름다울 수 있음을 깨닫습니다. 진부한 감상에 머물지 않는 인생관 위에 실존의 토대를 세워야겠습니다. 질병이 창궐하는 암울한 현실을 직시하되 희망을 감지하는 촉수만큼은 놓지 않아야겠습니다. 실존이란, 어둠이 내리기 전 각覺의 그물로 생의 빛나는 순간들을 낚아채는 분투의 여정일 테니까요. 비바람의 너울 속에서도 저리 눈부신 꽃들처럼 말이지요.

폭설

＊

　주점 밖에는 폭설이 쏟아지고 있었다. 어떤 이는 '한계령을 위한 연가'를 읊조리고 어떤 이는 돌아갈 길을 걱정했다. 한 줌 회한과 그리움을 술잔에 섞어 마시는 밤, 사람들은 문득 말을 멈추고 하염없는 눈발에 시선을 던졌다.

　우리는 자정이 넘도록 술잔을 기울이며 중년의 때 묻은 사랑에 대해 이야기했다. 문학이라는 이름으로 삼삼오오 모인 자리였다. 무소의 뿔처럼 앞만 보고 달려 온 생이었다. 다시 돌아간대도 다른 길을 선택할 수 있을지 장담할 수 없었다. 그럼에도 수시로 목덜미를 잡아당기는 게 있었다. 한 번도 제대로 사랑해보지 않았다는 후회였다. 문득 닥친 인생의 노을 앞에서 사람들은 좀 더 솔직하고 뻔뻔해졌다.

구속과 질서라는 양면의 날을 가진 도덕의 경계를 이야기할 때는 정답을 찾지 못한 이의 머뭇거림과 아쉬움이 묻어났다. 대화는 사뭇 삐딱하고 질펀했으나 현재진행형일 수 없는 로맨스에 대한 쓸쓸한 푸념일 뿐이었다. 꺼져가는 불씨를 다독이는 나이에 아직도 사랑이 가능하다고 믿고 싶은 건지 몰랐다. 그러나 누구도 현실이라는 경계를 넘어 사랑할 수는 없었다. 애초 19세기 법전으로 21세기 욕망을 해독하는 일은 불합리할 터였다. 그럼에도 규범에 길들여진 사람들을 더 옥죄게 하는 건 정답보다 사회적 시선, 집단의 평가였다. 중년남자들은 월경越境의 대가를 감당하기엔 주눅들어버린 노새가 되어 있었다.

　"사랑이 무어냐고 물으신다면 눈물의 씨앗이라고 말하겠어요."

　피눈물을 흘린대도 눈물의 씨앗이 마르는 일은 결단코 없을 터였다. 그 씨앗으로 인해 인생은 알록달록한 눈물의 역사를 만들어오지 않았던가. 성애적 사랑은 본질적으로 쾌락을 근간으로 하는 무질서한 충동이다. 불나방의 전적 헌신을 요구하면서도 책임은 지지 않는 무모한 감정. 알량한 경계쯤으로 다스릴 수 있는 호락호락한 대상이 아닌 것이다. 나는 여러 번 한계령 넘기를 꿈꾸었다. 삼류드라마처럼 뻔한 결말일 줄 알면서도 끈덕지게 나를 들까부는 이 뻔뻔한 욕망은 대체 무엇인가.

사람들이 굽이굽이 노래를 꺾어 넘길 때 나는 주책없이 콧등이 시큰거렸다. 덧없이 흘러가버린 청춘에 대한 애도인 양 노래는 절절하고 비장했다. 리듬에 맞춰 뻣뻣한 몸을 엇박자로 흔들면서도 나는 쉽게 달아오르지 못했다. 명료한 자의식 속에서 그들의 성근 머리칼이, 나의 무너진 춤사위가 가풀막에 홀로 선 나무의 흔들림처럼 외로워 보였다. "술 마시고 노래하고 춤을 춰 봐도 가슴엔 하나 가득 슬픔뿐이네 ~ 자 떠나자 고래 잡으러~" 어쩌면 흔들림은 바람 많은 세상을 유연하게 건너는 한 방법일지 모른다는 생각이 들었다. 아직도 고래 사냥의 꿈을 접지 않은 시든 청춘들을 위해 나는 한껏 탬버린을 흔들어 주었다.

일행은 새벽이 오도록 하얗게 눈을 맞으며 걸었다. 주점과 노래방에서도 다 풀어내지 못한 속내들이 허기처럼 남아 있었다. 코끝은 시리고 손은 곱았으나 가슴의 뜨거운 불길은 좀체 가라앉지 않았다. 일탈의 해방감이 폭설마저 낭만적으로 해석할 여유를 가져다 준 것일까. 일행은 사소한 농담, 의미 없는 몸짓에도 키득거리며 웃었고 푹푹 빠지는 눈밭에서 다정한 연인들처럼 사진도 찍었다. 그 순간만큼은 어제의 회한 내일의 근심일랑 잊어도 좋았다. 유예된 일상 책임으로 부터의 자유란 얼마나 달콤한 것인가.

　누군가 내 손을 잡았다. 얼음처럼 찬 손을 꼭 쥐었다. 그는 잡은 손을 자기 주머니에 넣었다. 주머니 안은 따뜻했다. 내 손은 온순했고 그의 손의 온기로 풀려가고 있었다. 그저 그렇고 그런 말들이 오갔다. 말의 내용은 중요하지 않았다. 그것이 낭만인지 연민인지 분석할 필요도 없었다. 아무 사이도 아닌 두 사람이 그렇게 손을 잡고 편안하게 눈길을 걷는다는 것, '그냥 있어볼 길밖에 없는 내 곁에 말없이 그냥 있어주는 일', 어느 시인의 말처럼 그건 고마운 일이었다.
　나는 아늑하고 편안했다. 태풍 같은 열정이 아니면 어떤가. 한 줌 온기로 족했다. 굳이 사랑이라 이름 붙이지 않아도 괜찮았다. 이대로 끝이어도 상관없었다. 한순간 축제였고 한순간 폭설 속의 무구를 누렸으면 그것으로 되었다. 여전히, 가끔씩 한계령 연가를 읊조리겠지만 그 또한 아득한 추억 너머로 사라질 일임을 기억할 것이다. 지금, 사라질 시간들 그 찰나 속에 온몸으로 존재할 수 있었다면 그것으로 족하지 않은가.

16센티 이상의 폭설이 내린 그 새벽의 전주는 우리들의 한계령이었다.

그림자

✳

자동차의 헤드라이트가 거실 벽에 그림자를 만들고 지나 간다. 길가의 벚나무가 베란다 유리창을 뚫고 벽에 부딪치 면서 허리가 꺾인다. 잔가지들이 태풍에 휩쓸리듯 한쪽으로 누웠다가 서서히 일어난다. 밤의 어둠 속에 가려져 있던 사 물들이 동시에 일어나 춤을 추듯 흔들리다 스러진다.

햇볕 좋은 낮엔 거실 바닥에 그림자 벽화가 펼쳐진다. 사 물들이 빛의 이동에 따라 제 그림자를 바꿔 가는 모습은 흥 미롭다. 대체로 그것들은 실물과 닮아 있게 마련이지만 때 론 실물보다 더 예술적으로 변형되기도 한다. 그림자에 저마 다 이름을 붙여준다. 사물에 한정된 이름의 의미망을 벗어 버리면 이상한 나라의 엘리스처럼 흥미진진한 상상의 세계를 즐길 수 있다.

그림자 하면 아련하게 떠오르는 기억 속의 삽화가 있다. 들길 한가운데 서 있던 가로등의 그림자다. 석포리로 가는 길은 인적이 드물다. 인가도 몇 안 되는 데다 해질 무렵이면 발길이 뚝 끊긴다. 국도에서 석포리로 연결된 농로를 오십 미터쯤 걸어가면 길이 급하게 왼쪽으로 꺾인다. 가로등은 바로 길이 꺾이는 그 지점에 있다.

나는 도시로 이사 오기 전 가로등이 대각선으로 내려다보이는 아파트에 살았다. 가로등은 밤낮으로 고개를 꺾은 채 우두커니 서 있었다. 꺾인 그림자 위로 봄여름 가을 겨울이 예닐곱 번쯤 지나갔다. 어느 날부터인가 습관처럼 가로등의 안부를 확인했다. 그림자는 쓸쓸했으나 불빛은 따스했다. 외진 길목을 지키며 마을 사람들과 더불어 낡아가는 가로등의 존재는 더 이상 사물이 아니었다.

가로등 근처에는 팔순의 할머니가 살았다. 허리가 기역자로 굽어 있었다. 가파르게 꺾인 생의 주름이 그러할까. 할머니는 가로등 그림자를 밟으며 달팽이처럼 느리게 걸었다. 작은 밀차와 노구는 누가 누구를 밀고 가는지 알 수 없게 한 몸으로 밀착되어 있었다. 엉덩이에는 닳아서 움푹 패고 반질반질해진 스티로폼 방석이 달려 있었다. 분신처럼 앞뒤로 둘을 거느린 할머니는 이따금 가로등 아래서 허리를 펴고 숨을 가다듬었다.

가끔 가로등이 있는 그 길로 산책을 나갔다. 폭설로 논밭의 경계가 지워진 풍경 속에서 살아있는 것들의 기척을 만나는 일은 안쓰러웠다. 가로등에 기대어 가녀린 줄기를 뒤채는 강아지풀의 그림자는 아슴푸레했다. 지녔던 색을 모두 지우고 희부옇게 바래 있었다. 미처 꽃밥을 털어내지 못한 채 꺾여 있었다. 나는 바람의 흔적처럼 나붓대는 그의 자취를 겨우 카메라에 담았다. 석포리의 기억 속에는 기역자로 꺾인 할머니와 가로등, 강아지풀의 영상이 아릿하게 남아 있다. 그림자에 마음을 주기 시작한 것도 아마 그 무렵이었을 것이다.

보이는 그림자의 낭만적 이미지에 비하면 보이지 않는 그림자의 은유는 은밀하고 위험하다. 플라톤의 동굴 우화는 본질과 그림자 사이에서 그림자가 전부라고 믿는 사람들의 어리석음을 시사하고 있다. 실체와 그림자를 구분하지 못할 때 환영에 갇힌 노예의 삶을 살 수밖에 없다는 우화의 메시지는 여전히 경고로 삼을 만하다.

자본과 권력과 욕망이 결탁하여 만들어내는 형형색색의

눈부신 그림자를 보라. 그 그림자에는 치명적 중독성이 있다. 한 번 맛을 보면 빠져나오기 어렵다. 게다가 신처럼 전적인 헌신을 요구한다. 무저갱 같은 식욕으로 그가 거꾸러질 때까지 탐식하게 만든다. 사람들은 거기 빠져 죽을지언정 그림자의 환영에서 벗어나기를 원치 않는다. 그 욕망의 틈새를 파고드는 맘몬신의 공격은 집요하다. 우리는 날마다 그것들의 환상적 그림자에 속아 울고 웃는다. 세상은 지금 그 욕망의 그림자로 어두컴컴하다. 문제는 돈과 권력 자체가 아니다. 그것들이 약속하는 신기루에 눈 먼, 우리들의 맹목적 질주다.

나 역시 바깥 그림자에 정신이 팔려 자기 안의 그림자를 살피지 못했다. 그림자는 때로 자신을 지배하고 있는 것의 정체가 무엇인지 그 수위를 알려주는 조짐일 수 있다. 나는 가끔 꿈속에서 억압된 아니무스적 인물로 등장한다. 그를 통해 무의식에 드리워진 내 그림자의 무게를 헤아린다. 온갖 그림자에 치여 왜곡된 자신의 내면을 직시하는 일은 불편하다. 자칫 그림자만 좇다 진짜 내 인생은 살아보지 못한 채 죽을 수도 있겠다 싶다.

검은 그림자의 위력이 난무하는 어지러운 세상, 환영 너머의 엄혹한 실체를 직시하고 균형을 잡는 일은 만만치 않은 숙제다. 보듬고 가야 할 생의 따뜻한 그림자를 가려내는 일 역시 미루어선 안 되는 과제다. 외면할 수는 있어도 피할 수는 없는 게 자신의 그림자 아닌가. 그림자가 있다는 것은 결국 내가 살아 있다는 증거요, 목숨 거두는 따순 빛이 저 바깥에 존재한다는 의미이기도 하리라.

그래, "침묵이 말의 뼈"를 이루듯 그림자는 생생한 존재의 기척이다. 현란한 그림자 군무 속에 저문 밤, 거실에 벽화를 그리고 사라져가는 저 바깥의 불빛은 누구의 기척인가?

탁구공의 관전기

✳

나는 매 맞기 위해 태어났다. 매란 매는 죄다 맞아 보았을 것이다. 내려치고 올려치는 매, 칼로 베듯 날카롭고 어르듯 부드러운 매, 골탕용 속임수 매에 분풀이용 무데뽀 매 등등. 운명이라 순응하니 괴로움은 없었다. 그러나 매에도 품격이 있는 법, 약자를 골탕 먹이는 매에는 반기를 들었다. 다양한 매를 통해 터득한 나름의 인간학은 탁구공 인생의 백미였다.

제대로 임자를 만나 이름을 떨친 친구도 있었으나 대개는 평범하게 일생을 마감했다. 내 운명의 출발 역시 보통의 범주를 벗어나지 않았다. 주인을 만나게 된 첫날 직감으로 그 사실을 알아챘다. 원하던 바이긴 했으나 나의 주인 노 여사는 너무 정석을 고집했다. 놀이판에서의 정석이란 얼마나 따분한 노릇인가.

인간은 단순 반복적인 동작엔 금방 싫증을 내는 존재였다. 놀이에 있어선 더욱 그랬다. 단순히 치고받는 연결 기술로는 결코 만족하지 않았다. 그 때문에 다양한 기술들이 고안되었을 터였다. 기술의 차이가 우열과 희비를 가렸다. 극대화된 기술만큼 쾌락지수도 높아졌다. 덩달아 나도 순간순간 아찔하고 몽롱할 때가 많았다. 영리하고 배짱 있는 사람들은 기본과 기교 사이의 미묘한 경계를 현란하게 넘나들었다.

나의 주인은 그런 우열이나 경쟁에 관심이 없었다. 지극히 기본에 충실했고 그것도 정석을 벗어나지 않는 범위 내에서 기술을 운용했다. 놀이라 해도 그것이 바람직한 관계의 범주를 벗어나선 안 된다는 데 초점을 맞췄다. 그 말은 상대방을 불쾌하게 하지 않는 범위까지 배려한다는 뜻이었다. 허용된 기술이라도 그것이 상대를 압박하거나 불쾌하게 한다면 기꺼이 자신이 즐길 수 있는 쾌락을 접는다는 게 노 여사의 오지랖이었다.

그러다보니 갑갑한 일이 벌어지기도 했다. 노 여사는 온전히 게임을 즐기지 못했다. 기회가 와도 좀처럼 스매시를 하지 않았다. 아직 상대가 그걸 감당할 만큼 노련한 단계가 아니라는 생각 때문이었다. 무엇보다 상대에게 공이 사정없이 내리꽂힐 때의 낭패감을 느끼게 하고 싶지 않았다. 게임의 스릴보다는 상대의 마음을 안 다치게 하는 게 더 중요하다고 믿었다. 혹여 노 여사가 치열한 승부 세계에 대한 두려움을 그렇게 포장하고 있는 건 아닐까 싶을 정도였다.

단골 멤버인 한 여사는 생각이 달랐다. 온전히 즐기자 주의였다. '못 먹어도 고'였다. 강력한 스매싱으로 공이 테이블을 치고 벽을 칠 때 하이 톤의 환호성을 질렀다. 열 번 실패하고 한 번 성공해도 온몸으로 환호작약했다. 상대의 기분이야 내 알 바 아니었다. 게임의 규칙만 지키면 될 뿐, 승패의 희로애락은 각자가 감당해야 하는 게 냉엄한 승부의 세계라는 걸 당연하게 받아들였다. 한 여사의 때리기엔 힘이 있고 스릴이 있었다. 가려운 구석을 제대로 긁어주었다. 물론 약한 상대를 골탕 먹이려는 한 수를 둘 때도 있었다. 그럴 때 나는 살짝 한 여사의 라켓을 빗나가 낭패를 안겨주기도 했다. 나의 주인과 비교가 되었다. 확실히 노 여사의 놀이 방법은 싱거운 구석이 있었다.

나는 속도와 방향에 아주 민감했다. 무수하게 다양한 타법의 성질을 온몸으로 체득한 결과였다. 힘의 강약조절과 몸의 유연함이 승부의 관건인 것은 당연했다. 타법을 보면 속도와 방향에 실린 그 사람의 속마음까지 읽을 수 있었다. 사실 게임은 두 사람의 치열한 감정 대결이기도 했다. 게임의 본질상 경쟁은 피할 수 없더라도 페어플레이의 정신을 보는 건 사물에 지나지 않는 나로서도 마땅히 기대하는 바였다.

드디어 일이 터졌다. 복식 게임에서 나의 주인이 내기 게임을 거절한 것이다. 지나친 경쟁과 긴장이 부담스럽다는 이유였다. 노 여사의 의견은 4:1로 부결되었다. 그녀는 당혹스러운 기색을 감추지 못했다. 게임에서 빠지겠다고 라켓을 내려놓았다. 분위기가 썰렁해졌다. 세 사람이 나서서 설득했으나 노 여사는 고집을 꺾지 않았다. 못 이기는 체 슬그머니 응해야 하는 시점마저 놓치면서 그만 소갈머리 없는 여편네가 되고 말았다.

게임에는 다른 사람이 투입되었다. 노 여사는 차마 자리를 떠나지 못한 채 게임을 지켜보았다. 표정은 의연한 척했으나 속은 콩 볶듯 들볶이고 있었다. 그토록 배려를 주장하던 사람이 결정적인 순간에 이런 밴댕이가 되다니. 결국 착한 인간도 못 되고 게임도 온전히 즐기지 못한 자신이야말로 제로섬 게임을 했던 게 아닌가 싶은 자괴감에 휩싸였다.

상황을 만회하기 위한 노 여사의 고심은 계속되었다. 이미지 손상과 자존심의 상처를 최소화할 수 있는 방법이 무엇인지에 대한 노심초사일 터였다. 마침내 무언가 결심한 듯 노 여사의 표정이 안정을 되찾았다. 게임이 끝나고 사람들이 자리로 돌아왔을 때 나의 주인은 진지하게 사과했다. 저녁내기 짜장면 값까지 흔쾌하게 치렀다.

그날 밤 노 여사는 오래 잠자리를 뒤척였다. 놀이든 관계든 정석을 견지하겠다는 생각에는 변함이 없었다. 그러나 무엇이 정석인가에 대한 판단은 좀 더 신중해야 한다 싶었다. 정석이라 해도 범주 내에서 융통성을 발휘하는 일은 얼마든지 가능하고 그것이 삶을 보다 원만하고 풍요롭게 한다는 데는 이의가 없었다. 놀이를 놀이로 즐기지 못하고 확대 해석하는 고지식한 스타일에 문제가 있다는 생각이 들었다. 즐거운 소통을 방해하는 정석이라면 그게 무슨 의미가 있겠는가.

다음 날, 노 여사의 몸동작이 확 달라졌다. 자유분방한 드라이브엔 활기가 넘쳤다. 덩달아 나도 신명나게 공중을 날아다녔다. 마침내, 노 여사가 나를 상대의 테이블에 폼 나게 내리꽂았다. 정석이라는 자신의 고정관념의 한 모서리를 깨는 통쾌한 스매싱이었다. 공을 놓친 한 여사의 두 눈이 휘둥

그레졌다. 노 여사는 어깨를 으쓱했다.

"흠, 이 맛이었군!"

네모에 갇히다

✳

나는 골몰하는 습관이 있다. 그러다 끌리고, 빠지고, 갇힌다. 늘 거기 있으나 늘 아무렇지 않게 존재하는 사물들, 어느 순간 그들 속에 갇힌 나를 본다.

눈을 뜨면 시선은 버릇처럼 천장에 가 머문다. 네 귀 반듯한 사각형의 안방 천장. 그만큼 내 삶의 민낯을 속속들이 들여다 본 존재도 없으리라. 두 사람이 한 몸이 되고 그 둘이 네 명의 가족을 이루었다가 다시 한 사람이 된 역사를 지켜본 그가 아닌가. 그동안 두 아이는 제 둥지를 찾아 떠났고, 남편은 아내보다 텔레비전과 더 가까운 사이가 되었으며, 나는 세상 무서울 것 없는 중년이 되었다.

천장은 수많은 날 남모르는 나의 뒤척임과 한숨을 낱낱이 꿰고 있을 것이다. 저 케케묵은 과거로부터 끄집어낸 잡념을 미래로 확장해가는 부질없는 버릇도 익히 알고 있을 것이다. 개선장군처럼 출정했다 패배한 병사처럼 지쳐 귀가하는 주인을 연민의 시선으로 바라보기도 했으리. 가끔은 생의 불안을 신심 깊게 다독이기도 하지만 끝내 깨달음에 이르지 못하고 한 마리 짐승처럼 웅크리고 잠든 모습도 보았겠지. 아니, 그 몸짓 속에 담긴 욕망의 갈피갈피까지 섬세하게 헤아리고 있을지 모른다.

때로는 나를 위로하고 싶었을까. 아니, 등짝을 후려치며 깨어 있으라, 일성을 내지르고 싶었을지도 몰라. 아주 가끔은 넌 참 괜찮은 사람이라고 '엄지 척'을 해주지 않았을까. 그는 물끄러미 내려다볼 뿐 가타부타 말이 없다. 반듯한 모양새로 나를 억압하지 않고, 시시콜콜 나의 모자람을 저울에 달지 않으니 편안하다. 내 어설픈 관념이 조금이나마 숙성되어 삶의 진국으로 녹아들 수 있었던 것도 저 침묵의 관용 때문은 아닐까. 누군가에겐 사무치게 그립고 따스한 공간이기도 할 사각의 방. 눈이 흐려져서야 깨닫는다. 이 네모야말로 세상에서 가장 소중하고 편안한 거처라는 것을.

나는 스마트폰을 '스선생'이라 부른다. 그는 매끈한 네모의 형상을 하고 있으며, 거의 모든 질문에 대한 답을 가지고 있다. 동시에 광속의 세계를 오가며 예측을 불허하는 키메라의 표정으로 사람들을 유혹한다. 그는 사람들의 시간과 돈, 정신을 무저갱처럼 집어삼키며 증폭된 갈증을 재생산해낸다. 가상의 만남과 가상의 위로 그리고 가상의 누각 속에서 진짜 관계가 사라진다. 사람들은 가상의 허망함에 매몰되지 않기 위해 계속 가상의 세계에 머물며 수시로 천국과 지옥을 오르내린다. 그는 어쩌면 사람들이 죽는 그 순간까지 곁에 남아 있는 유일한 존재일지 모른다.

나 역시 '스선생'의 애용자다. 그는 내 모든 인연의 끈을 쥐고 있다. 그가 없는 나는 미아에 가깝다. 무엇보다 그는 나의 내밀사항에 대해 많이 알고 있다. 굳건하게 침묵을 지키고 있지만 비밀을 발설하지 않겠다는 약속은 하지 않는다. 그는 속성상 비밀보장이 불가능한 존재다. 내밀사항은 언제든 민들레 홀씨처럼 불특정한 곳에 착지해서 무성한 소문으로 발화할 수 있다. 하지만 그런 일이 일어날 확률은 높지 않다. '스선생'은 자기 안의 빅 데이터를 통해 흥밋거리의 상중하를 가려내는 귀재다. 이름 없는 아낙의 평범한 일상은 주의를 끌 만한 소재거리가 되지 않는다는 걸 잘 알기 때문이다. 그는 끊임없이 진화하면서 사람들을 노예처럼 부릴 것이다. '스선생'은 적과의 동침처럼 위험하고 역동적인 네모,

그야말로 맘몬 신의 가공할 만한 창조물이다.

신이 죽었다고 하는 세상에서 유일하게 살아남은 신이라는 말을 듣는 네모가 있다. 시대 따라 변모하긴 했지만 오늘날 보편적으로 통용되는 그의 형상은 단연 네모다. 그는 야누스처럼 두 개의 얼굴을 가지고 있다. 자체로는 무해하나 사용자에 따라 그 성격이 빛과 어둠으로 갈린다. 사람을 빛나게 하기도 하지만 안하무인의 지배자가 되기도 한다. 마실수록 목이 타는 바닷물처럼 가질수록 갈증을 불러일으키는 네모. 세상은 날마다 마법의 네모 때문에 울고 웃고 파도처럼 출렁인다. 어느새 인간사의 척도로 등극한 그의 이름은 '머니'다.

나도 머니가 좋다. 많으면 많을수록 좋겠지. 그럼 달력의 빨간 날마다 여행을 떠날 것이다. 순례자처럼 산티아고를 걷고, 몽골 사막에 누워 푸른 별을 바라볼 것이다. 마추픽추 산정에서 스러져간 잉카인의 마지막 숨결을 느껴 보는 것도 좋으리. 저 뜨거운 사바나 초원을 야생마처럼 달려보고 싶어라. 물론 가까운 이들에게 기운 나는 밥도 대접하고 양심이 불편하지 않을 만큼 불우한 이웃들에게 온정도 베풀어야지. 머니가 주는 달콤하고 허망한 꿈이여. 나는 자주 머니가 지닌 각에 찔린다. 각을 품고 어찌 찔리지 않으리.

누구도 피해 갈 수 없는 네모가 있다. 그는 세상의 모든 네모들을 압도한다. 관이다. 그는 인간의 한 생을 집어삼키며 무화시킨다. 오욕칠정에 갇혔던 생이 네모난 화구 안에서 철저히 산화된다. 한 줌 재가 되어 영면하는 장소도 네모 안치대. 지지고 볶고 사는 방도, 현대인의 우상이라 일컬어지는 '스선생', 이 시대의 유일신 '머니', 생의 마지막 귀착지까지 모두 네모 형상이라니!

거울 앞에 선다. 네모의 거울 속에 네모 형 얼굴의 내가 서 있다. 보이지 않던 내 안의 각이 보인다. 나를 가둔 게 바깥의 각들만은 아니었던 게다. 완고한 내 안의 사각의 방, 세월 덕에 허물어지긴 했지만 여전히 네 각이 선명하다. 갇힌 줄도 모르고 갇혀 살았다.

산다는 건 나를 가두거나 가두려는 것들 사이의 부단한 싸움이던가. 자유로 가는 길은 순탄치 않다. 인생은 고품지만 Go이기도 한 것. 저 마지막 네모가 나를 가두는 그 순간까지 골몰하게 하는 것들과의 줄다리기를 마다하지 않을 것이다. 내 안의 각을 인정하고 더불어 살아가는 길도 모색해야지. 그래, 이러한 투쟁도 살아 있는 자의 특권 아니겠는가.

마음을 편집하다

※

들어가다

그는 있다, 없다. 보배다, 화근이다. 행위의 실질적인 주범
이다. 바다와 바늘구멍 사이를 무시로 왔다 갔다 하며 수많
은 결과 층이 있어 종잡을 수가 없다. 아니, 그는 호르몬의
한 작용일 뿐이다….

혹자는 그가 바람이 물物에 기대어 나타나듯 네 아我를
통해 나타난다고 한다. 네 아란 몸 나, 얼 나, 제 나, 참 나이
다. 바람을 잡을 수 없듯 그 또한 그러하단다. 어디에나 있
고 또 어디에나 없는 그것. 태초 이래 추측만 무성할 뿐 여
전히 정체는 오리무중이고 아무도 그 형상을 명확하게 그
려내지 못 하는 그것. 어떤 이는 그를 찾아 산에 들고, 어떤

이는 온 세상을 떠돌기도 한다. 사람들은 그를 마음이라 부른다.

나는 수십 년 마음과 동거를 했으나 아직도 그를 잘 알지 못한다. 그는 수없이 곁가지와 잔가지를 치면서 증식한다. 뿐인가. 수시로 속고 속이고 찌르고 찔린다. 직선이되 서로 찌르는 법이 없는 나무들. 그들은 일사불란하게 중심을 향해 응집되면서 키와 품을 늘린다. 사람인 나는 근심만 무성할 뿐 마음 한 뼘 넓히지 못한다. 마음을 아는 일은 먼 산 나무를 아는 일보다 어렵다.

엿보다

새벽같이 일어난다. 작정하고 주방의 싱크대를 열어젖힌다. 주인의 손을 타지 않은 그릇들이 정물처럼 놓여 있다. 오랫동안 사용하지 않아 누렇게 빛이 바래거나 기름때가 앉은 것도 있다. 단호하게 그릇들을 들어낸다. 버려질 그릇들이 큰 상자로 하나 가득이다. 정리된 수납공간이 허룩하다. 속이 후련하다. 필요 이상의 것들을 너무 많이 끌어안고 살았다. 비단 그릇들뿐이겠는가. 관계가 그렇고 습관이 그랬을 것이다. 공연히 삶을 번거롭게 하는 것들에 치여 내가 잃어버렸을 마음이며 시간은 또 얼마일 것인가.

그릇들처럼 핸드폰에 저장된 번호 중에는 묵혀지고 잊힌 것들이 많다. 어떤 의미로든 한때 내 안에 들여진 것들일 테지만 이젠 더 이상 내 인생 무대에 등장하지 않는 관계들이다. 과거형이 된 것들은 끝내 돌아오지 않고 또 그것으로 족해야 함을 안다. 무의미한 숫자로 남아 있는 관계들을 영구 삭제한다. 문제는 마음이 지우지 못하는 기록들이다. 이따금 각을 세우고 의식의 표면으로 출몰하는 기억들. 의식을 밀고 가는 힘은 무의식이라던가. 마음을 비우지 못한 그릇 정리나 숫자의 삭제, 실체는 놓아두고 그림자만 지운 격일 테다.

나오다

찌들고 찌든 마음을 삶는다. 일회성일망정 나름 정화를 위한 작업이다. 고통이라는 고농축 세제를 넣고 온도를 최대한 높인다. 부글거리며 마음이 끓기 시작한다. 부풀어 오른 거품이 차고 넘칠 듯 가슴을 압박한다. 어설프게 끓이면 변질되기 십상이다. 인내의 한도를 최대한 높이고 최소한의 숨만 붙어 있을 때까지 견딘다.

마음의 땟국은 좀체 벗어지지 않는다. 불기운을 조절하면서 펄떡거리는 소리가 나도록 오래 끓인다. 아뜩해지는 통증

속에 불순물이 증발한다. 잡념이 사그라지고 누르스름하던 마음 빛깔이 조금씩 제 색을 찾는다. 한소끔 뜨거운 감정을 빼내고, 진한 얼룩으로 남아 있는 상처 부위의 흔적을 힘껏 문지른다. 흐르는 물에 흔들고 또 흔들어 맑은 물이 나도록 마음을 헹구고, 마지막까지 변장술에 능한 집착의 관성을 쥐어짜 제거한다. 잔여의 습기마저 햇볕에 온종일 널어 말린다. 잡것이 빠져나간 心, 가볍다.

꿈

꽃

　꿈을 꾸었다. 고향 잿길을 걷는 꿈이었다. 길은 마을 신작
로로 연결되는 서낭당 고갯마루에 있었다. 꿈속의 나는 초
등학생이었고 혼자 집으로 돌아가는 중이었다. 잎을 떨어뜨
린 나무들은 수척했고 햇발은 서늘하게 맑은 늦가을이었다.
길은 달구지가 지나다닐 만큼 넓었으나 사위는 고요했다.

　마음은 급한데 걸음은 안 걸리고 가도 가도 인가는 나타
나지 않았다. 그때 허공에 까만 점처럼 떠 있는 물체가 눈에
들어왔다. 물체는 빠른 속도로 내게 날아오더니 머리 위에서
빙빙 돌기 시작했다. 나뭇잎만 바스락거려도 가슴이 조마조
마하던 참이었다.

　불현듯 어머니 말씀이 생각났다. 닭을 낚아채간 매 이야기

였다. 어머니는 질긴 내 울음 끝에 정색하고 하늘을 가리키며 말했었다. "안 그치면 매더러 잡아가라고 할 테다." 마침 하늘엔 새가 날고 있었고 나는 울음을 뚝 그쳤다. 얼른 내겐 즉효 있는 처방이었다.

꿈속에 나타난 새의 몸집은 아주 컸다. 날개 이 끝에서 저 끝까지의 길이가 내 키를 훌쩍 넘어 보였다. 원을 그리며 머리 위를 맴돌던 새가 당산나무에 앉아 나를 쏘아보더니 마침내 맹렬한 속도로 덮쳐왔다. 팔을 휘두르고 발을 구르며 쫓는 시늉을 했으나 발바닥이 땅에 붙어 떨어지지 않았다. 나는 겁에 질려 비명을 지르다 제 소리에 놀라 꿈에서 깼다.

어린 내게 서낭당 잿길은 두려움의 대상이었다. 인적이 드물고 음산했다. 사실을 확인할 수 없는 소문들이 무성한 곳이기도 했다. 누구는 도깨비에 홀려 밤새 헤매다 새벽녘에야 집에 돌아갔다고 했다. 이루지 못한 사랑으로 당산나무에 목을 맸다는 처녀 귀신 이야기는 지나갈 때마다 뒷덜미를 잡아챘다. 서낭 돌무더기에서 기어 나온 구렁이를 보고 혼비백산 달아나다 신발 한 짝을 잃어버린 적도 있었다. 알록달록한 헝겊들이 새끼줄에 꿰어 나부끼던 서낭당의 괴기스런 풍경은 선연하게 뇌리에 남았다. 어쩌면 그때부터 서낭당은 내게 불안과 억압의 상징이 되었는지 모른다.

나는 꿈속에서 종종 내 안의 자라지 않은 아이를 만났다. 아이는 겁쟁이에다 울보였다. 아이를 통해서 내 안의 진짜 목소리를 들었다. 울부짖음에 가까운 그 말들은 본능적이고, 직설적이고 분노에 차 있었다. 슬프게도 분노는 가까운 사람들을 향한 것이었다. 깨고 나서 나도 모르게 눈가를 적실 때도 있었다. 순하게 길들여진 현실의 나와 달리 꿈속의 나는 야생의 짐승에 가까웠다.

현실의 억압을 벗어나고 싶어 꿈속까지 끌고 들어온 것일까. 꿈길에도 출구는 보이지 않았다. 핸드폰 번호는 암호처럼 열리지 않고 내가 찾는 사람은 늘 안개 속에 있었다. 약속 시간은 다가오는데 신발 한 짝이 사라지거나 갑자기 장면이 바뀌면서 정체를 알 수 없는 이에게 쫓겼다. 어느 때는 의식이 개입하여 가위 눌린 상태를 일깨우며 꿈밖으로 나를 밀어냈다. 나는 꿈속에서 쌈닭처럼 사나웠고 길을 잃었고 벼랑에서 추락했고 물에 빠졌고 심지어 죽은 적도 있었다.

대체로 추상화처럼 난해한 꿈이 많았지만 해석 가능한 꿈도 있었다. 스크린 밖의 관객처럼 선명하게 내가 들여다보였다. 괜찮지 않은데 괜찮은 척, 억울한데 너그러운 척, 겁쟁이면서 센 척, 속빈 강정이면서 있는 척, 부러우면서 초연한 척, 인정받고 싶은데 아닌 척…. 그 모두 왜곡된 욕망의 표상일 터였으나 '아큐'처럼 정신승리법으로 위장했다. 그렇게 숨겨지고 억압된 내면의 자아는 괴물이 되어 꿈속으로 나를 찾아왔다.

꿈을 통해 무의식을 들여다보는 일은 용기가 필요했다. 가면이 아닌 진짜 얼굴을 대면해야 했다. 때로 낯설고 섬뜩하게 돌이킬 수 없는 과거를 재현하며 나의 현재를 물었다. 꿈은 보이는 나와 보이지 않는 내가 끊임없이 충돌하고 타협하고 담판을 벌이는 현장이었다. 무의식은 쉽사리 도달할 수 없는 미지의 세계지만 필경 자신의 꿈과 기원을 담고 있을 것이다. 꿈은 멀어서 아득했고 기원은 절실해서 무거웠다. 그 아득함과 무거움을 뛰어넘을 수 없는 한계가 나를 불안하게 하고 억압한 게 아니었을까. 신은 어쩌면 분열된 자아의 치유를 위해 꿈이라는 무의식의 거울을 볼 수 있도록 허용했는지 모른다.

나는 아직도 더는 사라지고 없는 고향의 서낭당 꿈을 꾼다. 서낭나무엔 색색의 소망들이 인간의 이루지 못한 꿈을 기원하듯 바람에 흔들리고 있다. 그 갯길에 유년의 내가 홀로 서 있다. 노을을 등에 지고서야 나는 사무친 눈빛으로 그 아이를 끌어안았다.

얼굴

✳

    그는 빗속에 누워 있었다. 눈을 감은 듯 뜬 듯, 웃는 듯 마는 듯 묘한 표정이었다. 빗물이 얼굴에 스미면서 희미하던 이목구비의 윤곽들이 선명하게 살아났다. 나는 쭈그리고 앉아 가만히 그의 얼굴을 들여다보았다.

    그는 어쩌다 목이 잘렸을까. 어떤 파란의 시절을 건너 '얼굴박물관'의 구경거리가 되었을까. 오래 전 바이욘 사원에서 보았던 자야바르만 7세 형상을 닮은 듯도 했다. 세월의 푸른 이끼를 화관처럼 둘러쓰고 있었다. 순탄치 않았을 생의 긴 여정, 고요하고 묵직할 뿐 비극의 기색이라곤 없어 보였다.

    내 눈가 그늘을 읽은 듯 목 없는 부처가 침묵의 설법을 던졌다. '삶 너머 삶을 보라.' 한 줌 재가 되어버린 아버지가 떠올랐다. 입관 전 곱게 매만진 아버지의 얼굴은 평온했다. 다 놓아버린 사람의 무욕의 표정, 순하게 살아온 세월의 흔적이 눈가에 남아 있었다. 나는 그 얼굴에서 마지막 아버지 모습을 더듬고 있었다. 내가 비를 맞으며 하염없이 들여다본 까닭이 거기 있었을까.

'얼굴박물관' 관석헌 앞뜰은 석상들의 전시장이었다. 얼굴도 키도 제각각이었다. 무심한 돌들도 풍화를 비켜가진 못했다. 어떤 건 코가 떨어져 나갔고 어떤 건 윤곽이 뭉그러져 형체를 알아보기 어려웠다. 울고 웃고 찡그리고 새침하고, 영락없이 인간 세상의 희로애락을 닮아 있었다. 그 많은 석상 중 하필 목 잘려 누운 얼굴에 마음을 주었을까. 그늘의 독법에 민감한 사람은 상처와 죽음의 기미를 섬세하게 알아챘다. 대개는 부처의 형상에서 무념의 평화를 읽고 가는데 나는 죽음의 그림자를 먼저 읽었다.

얼굴은 감출 수 없는 내면의 지도라던가. 사람들은 아무것도 걸칠 수 없는 민낯에 자신만의 지도를 그린다. 생의 궤적이 한 권 책처럼 얼굴에 형상화되어 있다. 얼굴을 인격의 성소라 칭한 것도 무리는 아닐 테다. 지금은 세상이 달라졌다. 원한다면 디지털 기술을 이용해 얼마든지 실제와 다르게 이미지를 조작할 수 있다. 성형으로 본래 얼굴을 완전히 바꿔버리는 일도 가능하다. 거기다 사이보그 인간의 출현이 전망되는 4차산업혁명시대, 얼굴이 인격의 성소라는 말은 더 이상 유효하지 않을지 모른다.

땅딸막하니 못 생긴 석상이 눈길을 끌었다. 웃음도 헤벌쭉 능청스러웠다. 이 우스꽝스러운 석상은 어디서 퇴짜를 맞고 여기까지 흘러들어온 것일까. 문득 못 생겨서 파혼을 당했다는 공주 이야기가 생각났다. 토마스 크롬웰이 영국 왕 헨리 8세에게 클레브스 공국의 공주를 중매했다. 공주는 추녀였으나 크롬웰은 왕실 화가에게 부탁하여 절색으로 둔갑시켰다. 초상화를 보고 결혼을 결정한 헨리 8세는 공주의 실제 얼굴을 보고 질색했다. 당장 결혼을 무효로 하고 그 대가로 공주에게는 평생 섭섭지 않을 만큼 융숭한 대접을 해서 돌려보냈다. 거짓 초상화로 결혼을 주선했던 크롬웰은 반역죄로 처형되었다.

모든 것이 상품화되는 자본주의 시대, 얼굴은 전시 효과가 높은 최고의 상품이다. 그를 위해 죽음의 위험도 불사한다. 얼마 전 성형수술을 하던 젊은이가 목숨을 잃었다. 그는 취업을 앞둔 평범한 젊은이였다. 성형은 이제 기호식품처럼 취사선택의 문제가 되었다. 성형이 가능한 시대에 살았다면 저 클레브스 공국 공주의 운명도 달라지지 않았을까. 문제는 그 최고의 순간이 허망하리만치 짧다는 데 있다. 상승가를 유지하기 위해 고투하는 동안 내면의 얼이 기진맥진한다는 데 있다. 허무에 복종하게 하는 저 자본의 얼굴은 얼마나 매끄럽고 탐욕스러운가.

거울 속 내 얼굴을 본다. 세상 척도대로라면 상품가치가 떨어진 지 오래다. 얼굴은 내 안의 나와 바깥 세계가 만나는 접점, 나라는 한 인간의 정체성을 정직하게 보여준다. 적당히 포장하고 살았으나 욕망의 피로와 허기마저 감추지는 못했다. 얼굴 중심에 있어야 할 얼이 또렷하지 않다. 남의 얼굴은 살피면서 제 얼굴에 얼빠지는 건 살피지 못했던 게다. 마음에 들지 않지만 외면할 수 없는 얼굴. 나는 유일하게 그 얼굴을 이해해야 하는 한 사람 아닌가.

저 목 잘린 부처는 어쩌면 모든 얼굴이 도달하는 종착역을 암시하고 있는지 모른다. 배웅하듯 한마디 깨우침이 문밖을 넘어온다. 산 자여, 얼굴 너머 얼굴을 보라. 마침내 그 끝이 어디에 닿아 있는지 보라. 시르죽었던 얼을 수습하여 일으킨다. 하마터면 얼빠진 얼굴로 인생 막을 내릴 뻔했다.

제3부

회색, 그 모색의 시간

Saul Leiter, c1950

난타

나는 이중인격자다. 아니, 다중 인격자다. 상황에 따라 여러 모양의 나를 연출한다. 거의 자동적으로 이루어지지만 간혹 의식적인 경우도 있다. 사람들은 그것을 사회적 페르소나라 부르기도 한다. 때론 여러 모양의 내가 한 무대에 서서 난타전을 벌인다. 낯설고 당혹스럽지만 그 모두 나라는 걸 인정하지 않을 수 없다. 어떤 색깔이 진짜 나라고 딱 꼬집어 단정하기는 어렵다. 한 가지는 분명하다. 그 모든 얼굴들 저 변에 욕망의 질펀함과 고투가 깔려 있다는 것. 어느 날 난타전이 벌어진 마음 속 상상 무대의 한 장면을 공개한다.

센딜: 며칠 전 문文의 왕국王國에 난 기사를 보았소. '도토

리 키 재기' 시상식에 관한 내용이었소. 누가 봐도 편파적인 심사라는 생각이 들었을 거요. 그걸 가리느라 프로필로 기름칠한 흔적이 역력했소. 내용보다 포장지를 화려하게 꾸미는 건 착시효과의 전형적인 수법 아니오? 주최 측과 모종의 이해관계가 얽혀 있다는 소문이 틀리지 않은 것 같소. 상의 권위는 공정성을 담보로 하는 것 아니겠소. 그렇지 않다면 누가 게임을 하려고 들 것이며 그 상을 신뢰하겠소. 하, 어쩌면 게임의 형식은 들러리고 수상자는 이미 내정돼 있다고 보는 게 맞을지 모르겠소. 하기야 그런 일이 이 바닥에만 있겠소. 헌데 아무도 이의를 달지 않으니 참 이상한 일이오.

무명작가: 간판 덕이든 뭐든 결과가 중요한 것 아니오? 그도 능력이라면 능력일 것이오. 사람들은 과정을 중요하게 생각하지 않소. 나는 부럽소. 까뒤집어 보면 알맹이 없는 허명일지언정 그거 하나 얻자고 발바닥 불나게 뛰어다니는 인간들이 수두룩하오. 솔직히 말해 인간은 인정받기 위해 사는 거 아니오? 아닌 사람 손들어 보시오. 문의 왕국 백성 치고 상에 목 안 매는 사람이 누구요? 금메끼 메달이라도 주기만 한다면 목에 걸고 다니고 싶은 심정이오. 세상은 가난한 문사에게 그런 행운을 허락하지 않겠지만 말이오.

나폴레오: 무명작가님이 뭘 좀 아시는군. 솔직해서 좋아!

현실을 똑바로 읽을 줄 알아야 한다니까. 문의 왕국도 사람 사는 세상이야. 기왕이면 다홍치마지, 안 그래? 수준이라고 해봐야 그야말로 도토리 키 재기 정도인데 내 필요에 맞는 사람 주는 게 인지상정 아닌가? 게다가 심심찮게 술에 밥에 달달한 아첨까지, 누가 그걸 마다하겠나. 문의 왕국 통치자들이야말로 누구보다 머니에 동물적 감각을 지닌 자들이야. 자신의 욕망을 극단까지 추구하는 야심가들이지. 봐, 동물농장의 나폴레옹이 돼지에서 인간으로 격상하게 된 것도 돈의 힘이었다고. 그는 당근과 채찍을 적절하게 사용할 줄 아는 수완가였지. 헤밍웨이가 그랬던가. "인간은 파괴될지언정 패배하지 않는다"고. 하지만 니체는 이런 말을 했지. '인간을 움직이는 두 축은 권력의지와 쾌락'이라고. 현실은 누구 편인가? 판단하기 어렵지 않을 걸세. 그리고 사회적 관성은 생각보다 훨씬 견고한 법이어서 사람들은 변화보다 안정을 더 원한다네. 섣불리 윤리 도덕의 잣대로 '도토리 키 재기' 시상식을 바라보지 말게. 그건 그대 권한 밖의 일이네.

　아이히마: 나폴레오의 말에 동의하오. 나는 흘러가는 대로 사는 게 편하오. 아랫물이 어찌 윗물을 거스를 수 있겠소. 그저 시키는 대로 순응하며 사는 길이 나로선 최선이오. 물론 가끔 회의가 들기도 하오만 섣불리 반기를 들었다

그 뒷감당은 어찌한단 말이오. 시키는 대로 한 것이니 내 책임은 아니오. 스탠리 밀그램 박사의 실험이 암시하듯 인간은 상황적 존재요. 누구라도 상황이 주어지면 아첨꾼이 되고 나처럼 살인자도 될 수 있단 말이오. 극소수 예외인 경우도 있다고 합디다만 난 믿지 않소. 그럴진대 어우렁더우렁 가진 돈, 있는 재주 부려서 상을 탔다고 한들 무슨 허물이겠소. 그 덕분에 문의 왕국이 매끄럽게 굴러가고 번성할 수 있다면 말이오. 어차피 세상은 완벽하지 않소. 아니, 인간 자체가 그리 생겨먹었다고 해야 하나. 게다가 내 도토리가 상대보다 낫다고 확신할 수 있는 자 누구요. 살면서 개혁주의자들 여럿 보았으나 삶이 평탄치 못했소. 살아남는 게 생물의 절대명제라면 무슨 짓인들 못하겠소. 인간의 이름으로 요구하는 온갖 도덕은 내 알 바 아니오. 그 도덕이 옳다고 누가 확신할 수 있단 말이오. 정의의 외침은 화려한 수사일 뿐 지금은 유일신 머니가 행세하는 세상이 되었소. 난 아주 성실한 순응주의자로 사는 쪽을 선호하오.

쇼펜하우어: 고뇌는 개별적인 것이므로 비교할 수 없겠소만, 아무리 생각해도 죽고 사는 일만큼 막중한 사안은 아니지 싶소. 하루에도 기아로 죽어가는 아이들이 수백에 이르고 젊은이들의 자살이 치솟는 판에 문학은 해서 무엇에 쓰

겠다는 것이오. 쥐뿔만 한 제 자랑 아니면 얄팍한 감상이나 주절주절 늘어놓는 '도토리 키 재기' 놀음을 누가 알아준다고. 내 눈엔 문학에 대한 고민은 해 본 적도 없는 어중이떠중이가 뒤섞인 난장판으로 보이오. 제법 쓸 만한 도토리도 몇 있는 것 같지만 그래봤자 그들만의 잔치에 지나지 않더구먼. 그런 판에 문학이란 명패를 갖다 붙여도 될지 의문이오. 차라리 다 때려치우는 건 어떻소!

얼치기 철학자: 하늘을 나는 새는 온몸으로 바람을 맞으면서도 바람을 탓하지 않소이다. 오히려 제 뼈를 비워 바람을 희롱하듯 유연하게 활공하지 않소. 새가 왜 바람 부는 날 집을 짓는지 아시오? 그래야 악천후에도 끄떡없는 둥지를 지을 수 있기 때문이라오. 흐름을 타되 중심을 잃지 않는 결기가 필요하오. 그건 타협과는 다르오. 현실을 관통해 나가는 용기와 슬기라 해야 할 것이오. 처한 곳이 어디든 다 제 할 탓이란 말이외다. 물론 윗물 차원에서 개선해야 할 문제가 있다는 것도 인정하오. 그러나 제사보다 젯밥에 관심이 많은 작가들도 문제요. 먼저 흙탕물에서 불순물을 걸러내는 장치, 내공을 자기 안에 키우시오. 그것도 도토리냐고 손가락질 받지 않으려면 말이오. 이제 숲 안을 샅샅이 보았다면 숲 밖으로 나가 큰 그림을 보시오. 휘어진 나무라고, 나

와 다른 색깔을 가졌다고 모두 잘라내야 한다면 어찌 숲이 이루어지겠소. 좋아서 하는 일이거든 결과에 연연치 마시오. 진짜 문文의 힘은 그런 데서 나오는 게 아니겠소. 그 힘을 가진 자만이 어둠을 뚫고 저 밝은 세상으로 비상할 수 있을 것이오.

얼치기 철학자의 생각은 그럴 듯했으나 모두가 동의한 것은 아니었다. 나는 어떻게 이 공연을 마무리할 것인지 헷갈렸다. 결국 난타 공연은 특별한 결론 없이 막을 내렸다. 어쩌면 이 공연은 인생이 그렇듯 내가 문의 왕국 백성으로 살아가는 동안 반복될 일상인지 모른다는 생각이 들었다. 판단을 유보한 채 상상 무대의 막을 내렸다.

* 각각의 등장인물은 사실 인물의 이름을 차용, 패러디한 것으로 내 안의 서로 다른 자아 상징.
 센딜: 《정의란 무엇인가》의 저자 마이클 센델
 나폴레오: 조지 오웰의 소설 《동물농장》에 나오는 나폴레옹
 아이히마: 시키는 대로 했을 뿐이라고 변명한 '예루살렘의 아이히만'
 쇼펜하우이: 독일의 염세철학자 쇼펜하우어

잃어버린 동굴을 찾아서

❀

"동굴은 신의 음성을 듣는 곳이다."

한 철학 교수의 말이 나를 자극했다. 신은 인간을 가리키며, 신의 음성이란 바로 자기 내면의 소리라는 것이었다. 사람이 신이라니, 동굴과 신의 음성은 또 어떤 관계란 말인가.

호기심이 발동해서 선사시대에 그려진 알타미라와 라스코, 쇼베 동굴의 벽화를 영상으로 찾아보았다. 울퉁불퉁한 벽면을 이용해 그린 동물 그림은 풍부한 색채와 섬세한 세부묘사, 실물 같은 생동감으로 쓰리 디 영상 효과를 연출하고 있었다. 크로마뇽인들의 솜씨라고는 믿을 수 없을 정도로 놀라운 미학적 완성도가 느껴졌다. 동굴 답사 후 피카소가 "모든 문명은 알타미라 이후 쇠퇴했다"라고 극찬한 것도 과언은 아니지 싶었다.

동굴은 단순한 공간이 아니었다. 예언자들이 신의 계시를 받고 제사 의식을 행하던 종교적 무대였다. 곰이 인간이 되고 신화적 존재가 된 신비의 장소이기도 했다. 플라톤의 동굴처럼 의미심장한 통찰력을 던져주는 상징적 동굴도 있었다. 하루 네댓 시간 명상을 통해 얻은 영감으로 세계를 스마트폰에 넣었다는 천재 스티브 잡스. 그의 동굴은 철저하게 자신과 마주하는 내면의 동굴이었다. 그야말로 자기 안의 상징적 동굴의 가치를 잘 알았던 인물이라고 할 수 있었다. 이들은 모두 동굴이라는 자기 세계 속에서 확고하게 자기만의 길을 간 사람들이라는 공통점이 있었다.

동굴의 중의적 의미를 탐색하다 잃어버린 내 안의 동굴을 찾아 나섰다. 나는 어머니의 자궁을 통해 세상에 왔다. 타원형의 공간, 좁은 통로, 혼자만의 세계. 자궁과 동굴은 닮은 구석이 많았다. 어머니의 자궁은 내 최초의 물리적 동굴인 셈이었다. 따뜻하고 아늑했으나 궁핍과 불안으로 그늘지기도 했을 자궁. 그때 나는 하나의 가능성, 하나의 세포에 지나지 않았다. 놀랍게 펼쳐지는 생명의 파노라마에 내가 할 수 있는 일은 없었다. 생성과 파괴의 이중적 의미를 지닌 자궁을 찢고 모태와 결별한 그때가 내 생애 가장 역동적 순간이었을 것이다.

자궁 밖의 세상은 내게 또 다른 의미의 거대한 동굴이었다. 그 동굴은 살벌한 투쟁의 장이었다. 죽을 때까지 시시포스의 운명을 피하기 어려웠다. 안주의 비결은 있었다. 기존의 동굴 법규에 길들여지면 되었다. 그 틀이 전부라 믿고 살면 되었다. 시기와 우연이 우열을 가리던 낭만적 시절도 있었으나 자본주의가 득세하면서 유일신의 지위는 오로지 머니에게 돌아갔다. 영민한 자들은 더러 회의를 품기도 했으나 거대 동굴의 완강한 권력에 반역을 꾀하기는 쉽지 않았다.

거대 동굴의 불빛은 현란했다. 흐린 눈으로 한동안 세상의 허방을 헤매었다. 욕망, 주체, 열정, 사랑, 자본, 권력의 깃발이 제각각의 색깔로 난무했으나 내겐 그림자처럼 잡히지 않는 그 무엇이었다. 차라리 몽매하던 저 자궁의 안주가 그리울 때도 있었다. 눈은 동굴 밖을 갈망했으나 몸은 무지의 사슬을 끊지 못한 거대 동굴의 노예 상태였다.

나는 천성적으로 동굴성 성향을 지닌 사람이었다. 그러나 내면의 동굴 세계는 단단한 내공이 준비된 자들, 고립과 가난을 두려워하지 않는 자들의 것이었다. 멀리서 동굴이 가져다줄 저 서늘하고 순수한 자유의 기쁨을 예상하며 몸을 떨기도 했지만 동굴에 입문하지는 못했다. 지천명의 고개를 넘어서야 나의 의존성에 그 이유가 있음을 알았다. 여전히 어머니의 자궁을 벗어나지 못하고 있었던 것이다.

나는 모태회귀의 자세로 숙고했다. 타인의 인정을 갈망하는 수평적 동굴 파기만 계속한 탓에 수직으로 자신을 향해 파내려가는 일은 쉽지 않았다. 자기 안의 동굴은 고독을 거름으로 존재의 뼈대를 만드는 공간이었다. 나는 고독이 발효되는 카오스의 시간을 견디지 못했다. 관계의 금단 증상을 견디는 일은 고통이었다. 이전으로 돌아가려는 관성의 욕구도 형리처럼 가혹했다. 한 인간의 내공은 고독을 어떻게 승화시키는가에 달려 있다 해도 과언이 아닐 듯싶었다.

영혼을 주눅 들게 하는 타인의 시선, 권력의 허깨비와 싸우는 일도 두려웠다. 온갖 주장과 신념의 소음들로부터 자신의 소리가 왜곡되고 묻히는 것에 태만했다. 혁혁한 업적을 세우겠다고 발품을 팔지는 않았으나 그 경계에서 벗어나지도 못했다. 업적을 기준으로 인간을 평가하는 저 거대 동굴의 야만성에 오래도록 포획되어 살았다. 자기 안의 별이 아니라 바깥, 타자에게서 별을 찾아 헤매었다.

먼 길을 돌아 다시 동굴에 드는 일은 아득했다. 별은 보이지 않고 폐허엔 적막이 가득했다. 자신과의 독대 속에서 질기게 맹아盲我를 뚫고 나아가는 시간을 보냈다. 눈을 감아야 보이는 빛, 귀를 닫아야 들리는 소리가 있었다. 이순 고지에 이르러 만나는 '신의 음성', 내 안의 진짜 목소리. 나는 비로소 그 적적하고 편안한 읊조림에 귀를 열고 폐허에 깃발을 꽂았다.

인연수첩

❀

食의 연

밥의 힘은 위대하다. 연緣의 시종始終을 주관하기도 하고 종일 주저앉았던 마음을 일으켜 세우기도 한다. 어떤 위로가 밥의 진솔함을 앞설 수 있겠는가. "밥을 잘 먹어야 산다." 노모가 내게 주문처럼 외는 말이다. 사람의 안팎을 아울러 지탱하는 것이 밥이라는 걸 아신 게다. 살첨→살生→쌀. 먹어서 '살첨'이 되고, 그 살 때문에 사람이 살生고, 그래서 '살'이 '쌀'이 되었다는 쌀의 어원은 의미심장하다. 밥은 몸의 한가운데를 관통하며 흘러 들어간다. 밥에는 말의 매끄러운 위장이 없다. 단순하고 우직하게 주인을 돌보고 생색을 내지 않는다. 밥의 힘을 빌지 않은 정신은 빈껍데기다. 사실 생의 대부분이 밥을 위한 노동에서 자유롭지 못하고, 그 노동의 절반이 또한 굴욕과 상처 속에 이루어진다. 밥벌이의 수단을 통해 사람의 가치가 매겨지고 혹은, 지배와 피지배의 명암이 엇갈린다. 밥을 먹는다는 것은 단순히 생물학적 필요조건이 아니라, 생존의 쟁투에서 살아남기 위한 절박한 행위인 것이다. 밥은 불가항력의 권력으로 삶의 중심에 있다. 말랑하고 따뜻한 밥알의 본질은 이렇듯 엄혹하다. 그 엄혹한 '밥심'으로 정신의 뼈대가 선다. 건강한 '밥심'을 업신여기고 오래 버틴 사람을 보지 못하였다. 한 그릇 '밥심'으로 어지럽던 정신을 되찾은 저녁, '밥심'이 '밥모심'이 되어야 하는 까닭을 새삼 깨우친다.

文의 연

노모가 근심을 한다. "골 빠진다. 글 쓰지 마라. 밥이 되는 일도 아닌데." 노모에겐 밥이 되지 않는 일은 헛것이다. 밥을 절대의 가치로 알고 살아오신 노모에게 써먹지 못 하는 것의 효용성을 납득시킬 방법이 내겐 없다. 눈물 젖은 밥을 먹어본 적은 없으나 조촐함에도 구차와 비천의 대가는 있음을 안다. 하여, 밥이 생존을 책임지듯이 문학은 존재를 충만하게 한다는 사실을 말할 수 있을 뿐이다. 그 답이 밥만큼 구체적이지 않다는 것을 안다. 또 그 답을 글로 증명해 보일 만큼 나의 재능이 탁월한 것도 아니다. 남다른 소명의식이 있는 것도 아니어서 어쩌면 평생 제 안의 푸닥거리로 끝날지 모를 일이다. 들에 저 홀로 피고 지는 꽃처럼 혼자놀이에 지나지 않을지라도 안타까울 이유는 없다. 거창한 이름은 차라리 올무다. 지금의 소박한 자유와 혼미한 어둠을 거슬러 나다움과 사람다움의 합수를 찾아가는 여정을 나는 사랑한다. 그 외로운 여정 속에 문학의 연緣은 내게 세상을 향한 소통의 창이다. 그것은 구원을 보장하지 않지만 삶의 진창을 견디고 위무하고 연민으로 하나 되게 한다. 밥이 존재의 외면을 향해 뻗어가는 힘이라면 문학은 존재의 내면을 향한 끊임없는 성찰의 힘이다. 밥과 문학이 수직의 관계가 아니라 수평의 관계가 될 때 세상은 훨씬 살만해질 거라고 믿는다면 너무 낭만적인가.

物의 연

불을 끈다. 달빛이 비쳐든다. 습도 없이 맑은 음력 열나흘 밤의 달빛은 차분하다. 어둠의 완고함을 물리치고 검정과 하양이 적당히 뒤섞여진 편안함이 있다. 비로소 달빛에 깃들어 안식하는 방 안 사물들의 모습이 눈에 들어온다. 빛의 농도에 따른 그것들의 이미지는 사뭇 다르게 느껴진다. 형광등 불빛 아래 개별적으로 도드라지던 물건들은 날카로운 모서리를 지우고 다소곳이 풍경처럼 어우러져 있다. 마치 사물 이상의 의미를 지니고 또 다른 세상을 형성하며 거기 굳건하게 존재했었던 것처럼. 주인의 무관심 속에 그들은 철저히 소외되어 있었다. 내게 소용되는 사물 그 이상도 이하도 아니었다. 그러나 그것들이 내 의식 안으로 들어온 순간, 내 삶을 형성하고 지배하는 사물들의 구체적인 의미와 연緣에 대한 자각은 눈물겨웠다. 궁색한 주인의 배경이 되어 묵묵히 닳아지고 있는 물건들. 그것들은 사물이 아니라 내 일신의 소중한 일부였다. 가까이 멀리, 눈멀고 귀먹어 보지 못하고 듣지 못 하는 것은 또 얼마나 많았을까. 의식의 빗장이 열린 느낌이다. 아이러니하게도 불을 끈 어둠 속에서.

默의 연

늦가을 산사는 적막하다. 그 적막 속에 깊어지는 것들이 있다. 학승의 눈빛, 모과의 향, 산수유의 붉은 빛. 담쟁이로 둘러싸인 돌담을 따라 극락전이 있는 연못가에 이른다. 수초 사이를 헤엄치던 물고기들의 움직임이 부산해진다. 한바탕 흙탕물이 일더니 녀석들의 종적이 묘연하다. 도랑물소리가 새의 지저귐처럼 수다스럽다. 산에서 내려오는 물을 반달 홈통으로 연결해 연못에 대고 있다. 한 노승이 그 옆에 쭈그리고 앉아 떨어지는 물을 내려다보고 있다. 기척을 내어도 미동이 없다. 빛바랜 장삼 위로 붉은 감나무 잎 하나 내려앉는다. 조심스레 그 쪽으로 발걸음을 옮긴다. 옆에 같이 쭈그려 앉아 그가 하는 대로 따라 해볼까. 그래도 실없다 눈치를 주지 않을 것 같다. 나는 더 이상 다가가지 못하고 애먼 담쟁이를 향해 카메라 렌즈를 들이댄다. 그제야 노승이 고개를 들어 나를 본다. 평담한 눈빛에 늙은 감나무처럼 자연스러운 얼굴. 누가 먼저랄 것 없이 고개 숙여 인사를 한다. 서로 시선을 비키지 않은 채 침묵이 흐른다. 노승의 눈빛에 온기가 스친다. 마침내 자리에서 일어나 극락전을 향해 걸어간다. 훠이훠이 바람처럼 가벼운 몸짓이다. 단번에 사람이 그냥 사람으로 보일 때가 있다. 그 사람의 전체가 있는 그대로 풍경처럼 내 안에 스민다. 원형질적인 순수의 상호작용, 시공과 성별과 언어를 초월한 감성의 합일. 그 연緣의 흔적은 투명하지만 강렬하다. 노승은 자취 없이 사라지고, 절문에 걸린 풍경만 혼자 흥겹다.

연 = 빛債

산다는 건 어쩌면 세상 모든 연緣에 빚을 지는 일인지 모른다. 그렇다면 잘 산다는 건 그 빚을 갚아가는 일쯤 될까. 인연수첩 속에 남겨진 다양한 흔적들을 추적하다 문득, 궁금해진다. 지금 나는 누구의 연이 되어 그려지고 있을까?

가위

❀

　그것은 단순한 생활도구가 아니었다. 우아한 곡선과 날카로운 직선이 조화를 이루었고, 실용성과 미의 균형도 빼어났다. 탁월한 예술적 감각과 위엄을 갖춘 명품이었다. 사람들은 그 가위를 한나 드 로스차일드 가문의 '왕관 가위'라고 불렀다.

　진안 가위 박물관에는 동서양을 망라한 천 오백여 점의 희귀 가위들이 전시되어 있었다. 가장 오래 된 가위는 기원전 1000년경 그리스에서 만들었다는 양털가위였다. 신라시대 분황사 석탑에서 출토된 협가위에서부터 진안 수천리 고분군에서 출토된 고려시대 가위, 아이를 물어다 준다는 유럽의 헨켈 황새 가위, 빅토리아나 아르누보 같은 예술 가위,

그리고 보물로 지정된 금동 초심지 가위까지 종류와 형태가 다양했다.

가위의 변천사 속에서 평범한 생활도구가 인간의 욕망과 혼을 담은 예술작품으로 진화했음을 확인할 수 있었다. 진화의 물결 속에는 아름다움에 대한 열정, 소멸에 대한 저항, 멋의 향유 같은 인간 의지가 도도하게 깃들어 있었다. '왕관 가위'는 로스차일드 가문보다 훨씬 더 오랜 세월을 살아남아 그 시대의 영욕과 자취를 대대로 전할 터였다.

가위는 일찌감치 그리스 로마 신화에 등장했다. 신화에는 인간의 운명을 관장하는 세 여신이 나오는데, 운명의 실을 잣는 클로트와 그 실을 분배하는 라케시스, 그리고 실을 끊는 아트로포스다. 그들은 각각 한 사람의 수명을 정하고, 그가 겪어야 할 불행과 고통의 몫을 할당하며 죽는 순간을 결정한다. 아트로포스가 가차 없이 운명의 실을 자르는데 사용한 도구가 바로 가위다. 애초 모태로부터 나를 분리시킨 것도 가위일 텐데 그 생의 숨줄을 끊는 것 역시 가위라니! 가위로 시작해서 가위로 끝나는 게 인생이던가. 불가항력 속에 생성되고 소멸되는 생의 가위놀이 앞에 인간은 속수무책이다. 그럼에도 그 대책 없음 속에서 역동적으로 꽃 피는 것이 인생의 역설이기도 하다. 인간 의지는 고난 속에서 더

강렬한 힘을 발휘하지 않던가.

운명의 가위에 버금가는 유전자 교정 가위가 우리 시대에 출현했다. 어쩌면 그 가위는 신화 속 아트로포스 여신의 가위보다 더 두려운 존재인지 모른다. 2015년에 크리스퍼(CRISPR) 유전자 가위가 과학 학술지 사이언스가 선정한 '올해의 혁신적인 기술' 10개 중 최고 성과로 뽑혔다고 한다. 크리스퍼 유전자 가위란 원하는 부위의 DNA를 정교하게 잘라내는 유전자 편집 기술을 말한다.

유전자 편집이라니, 이 얼마나 마법 같은 일인가. 관련 연구가들은 "크리스퍼 기술의 주된 관심은 인간 배아가 아니라 체세포에 적용해서 유전자나 세포 치료를 하는 것"이라고 주장한다. 고통을 겪고 있는 환자들에게 더할 나위 없이 반가운 소식이다. 하지만 맞춤형 아기 출산에 대한 우려의 목소리도 간과할 수 없다. 원한다면 유전자 교정 가위를 사용해서 탁월한 두뇌와 매력적인 외모를 가지는 것도 불가능한 꿈은 아닐 것이다. 장차 우월한 유전자만을 편집하여 제작한 인간들의 세상에 살게 될지 누가 알랴.

문제는 누구나 그 유전자 가위의 혜택을 누릴 수 없다는데 있다. 자본주의 사회에서 꿈의 실현은 가진 돈에 비례한다던가. 회의주의자들의 우려에 대해 관련 연구가들은 이렇게 대답할지 모른다. 벽을 뚫지 않고 어떻게 진보할 수 있겠는가. 물신은 또 이렇게 부추길 것이다. 윤리의식을 강화하고 성장시키는 유전자를 개발, 인간성 균형을 이루게 하는 편집도 가능할 것이라고. 돈이 된다면 물신은 그 또한 기어이 이루어내고야 말리라. 인간은 단순히 기능과 효율로 판단할 수 없는 존엄성을 가진 존재다. 이기적 욕망에 의한 유전자 가위의 남용 가능성을 어떻게 극복할 것인가도 과제다.

어쩌면 가장 경계해야 할 가위는 내 안에 있는지 모른다. 가위를 통해 인간사의 맥락을 더듬다 맞닥뜨리게 된 것은 내 안의 가위였다. 민감한 센서를 가졌으나 이따금 오작동을 일으키는 불완전한 가위. 살아오는 동안 여러 관계를 재단했을 것이다. 그 때문에 본의 아니게 내 생의 귀한 손님들을 떠나보내기도 했다. 더러는 타자의 욕망을 내 욕망인 양 착각하며 진짜 욕망을 잘라버리는 오류를 범하기도 했다. 지극히 보통 인간인 내가 지나치게 완벽을 추구함으로서 스스로를 소외시키는 우를 범한 것이다. 내 안의 불안과 결핍이 거기서 비롯되었으리라. 내가 들이댄 가위는 타인이 아니라 내 인생을 겨냥한 셈이었다.

수천 년 세월을 거슬러 듣는 가위의 전언은 명징했다. 운명의 가위는 피할 수 없겠지만 운명에 대한 자세는 재단할 수 있다. 두려워하지 말고 가위놀이를 즐겨라. 인간의 다중성을 이해하고 오류를 기꺼이 받아들이라. 운명의 가위에 도전하는 크리스퍼 가위에 박수를 보내되 서늘한 눈으로 통찰하라. 아트로포스의 가위가 숨줄을 향하기 전, 자신이 원하는 방향으로 삶을 편집하라. 결국 명품 인생은 제 욕망의 주체적 가위놀이에 달린 것이 아니겠는가.

어느 날, 흐린 가로등 아래서

❀

    나는 술이다. 현재시제로 좀 더 정확하게 말하면 그 매혹적인 액체를 품었던 플라스틱 소주병이다. 쭈그렁 빈껍데기가 되었으나 술의 혼만은 뼛속 깊이 품고 있으니 내 정체성은 여전히 술인 셈이다.

    어느 날 나는 선술집 골목에 내동댕이쳐졌다. 나의 주인은 병째 나발을 불던 중년 사내였다. 밥벌이의 분노였을까. 그의 뜨거움이 나의 뜨거움을 압도했다. 나는 오가는 이들의 발길에 차여 이리저리 굴러다니다 시장통 오거리 가로등 아래에 이르렀다. 광고 전단지가 덕지덕지 나붙은 가로등 밑에는 함부로 내다버린 쓰레기와 오물이 뒤섞여 냄새를 풍기고 있었다.

나처럼 뭇사람의 사랑과 추앙을 받은 존재가 있을까. 오래전부터 나는 세상의 낭만과 외로움과 근심에 더할 나위 없는 벗이었다. 나의 치명적 중독성은 혀끝을 적시는 순간 온몸으로 퍼져나가는 짜릿함일 것이다. 혈관은 뜨겁게 부풀어 오르고 말랑해진 가슴에선 억압된 욕망이 질펀하게 배설되었다. 겉은 차가우나 속은 뜨거운 불, 사람들은 이율배반적인 나의 속성을 사랑했고 또 증오했다.

세상은 밤에도 쉬이 잠들지 못했다. 도로에는 여전히 차들이 내달리고 거리의 불빛은 밤이 깊을수록 화려했다. 어떤 이는 가로등 밑에 오줌을 내갈겼고 어떤 이는 맥없이 걷어찼다. 그들의 비틀거리는 뒷모습에는 고단한 삶의 등뼈가 드러나 있었다. 흑싸리 껍데기 화투패 같은 삶일지라도 기어이 살아내야 한다는 안간힘일 터였다. 그래, 천하를 호령하진 못해도 빈 소주병 하나쯤 걷어차는 호기라도 부려야 견디지 않겠는가. 처음 강소주를 비우고 내동댕이친 중년 사내에게 그러했듯이 나는 그들을 연민했다.

가로등이 물끄러미 나를 내려다보고 있었다. 그 시선에는 세상 희로애락을 모두 품어본 자의 깊이와 연민이 담겨 있었다. 시장통 오거리 가로등 밑은 잡다한 사연이 스쳐가는 곳이었다. 수시로 벼랑 끝에 내몰린 이들의 원망과 분노 악다

구니를 들어야 했으리라. 나 역시 그런 인간세계의 쓴 맛 단 맛을 뼛속깊이 느껴본 터였다. 욕망하고 집착하고 시시각각 요동치는 인간의 적나라한 마음자리, 그 환멸의 자리에서 날마다 그들과 한통속이 되어 취하고 흔들렸던 것이다. 생생하게 살아서 뒤척이는 기억 사이로 여러 장면이 스쳐갔다.

왁자지껄한 잡담 속에서도 귀에 꽂히는 사연이 있었다. 마주 앉아 술을 마시던 남녀의 대화는 사랑의 결말을 향해 가고 있었다. 남자는 눈알을 이리저리 굴리며 구차한 이별의 변을 늘어놓았다. 남자는 술을 빙자하여 능청스럽게 여자를 어르고 달래며 관계를 마무리했다. 영혼 없이 과거형으로 '사랑했었다'를 입에 올리는 남자의 낯빛은 권태와 피로가 역력했다. 여자는 무기력하게 그 뻔뻔한 변명을 듣고 있었다. 취기로 불그레한 그녀의 눈가에는 미처 토해내지 못한 말들이 자욱했다. 관계의 균열과 어긋남을 얼렁뚱땅 봉합하게 하는 저 맑고 투명한 액체는 때로 얼마나 무책임한가.

선술집 구석진 자리에서 등 굽은 짐승처럼 혼술로 제 몸을 혹사하던 늙은 남자도 떠올랐다. '외로움은 지옥이야.' 무덤 같은 침묵 속에서 어금니 사이로 새어나오는 중얼거림은 뭉클했다. 잔을 움켜 쥔 손에 불끈 일어서던 핏줄. 송두리째 잃어버린 기억 어디쯤을 더듬다 저물지 않은 꿈이라도 조우

한 것일까. 그에게도 한때 발랄하게 날아다니던 꿈들이 있었겠지. 제 창자에서 실을 뽑아 집을 짓는 누에처럼 살뜰하던 날들이 있었겠지. 급하게 술잔을 비우던 남자의 동공이 흔들리고 다시 무겁게 내려앉은 침묵 사이로 공허한 잡담이 끼어들었다. 혼자든 둘이든 외롭기는 마찬가지. 인간들이 관계의 언저리를 서성일 뿐 끝내 마음을 섞지 못하는 그런 날은 나도 깊고 뜨겁게 취하고 싶었다.

한때 나는 지체 높은 양반이나 소인묵객 손에 들려 풍류의 한몫을 담당하던 존재였다. 어쩌다 한숨짓는 이들의 유일한 낙이 되었을까. 내 처지의 추락이 애통해서가 아니라 독한 술로도 인간사 외로움과 고뇌를 다스릴 수 없으니 그것이 안타까울 따름이었다. 천만 가지 사정이 있겠으나 나처럼 버려진 빈 술병 신세가 되어 가로등이나 끌어안고 토악질 해대는 인간 군상을 보는 일은 비감했다. 하여 내 생애 단 한 번 사물 됨의 주제를 잊고 인간 입장에서 헤아려 보게 된 것이다.

다시 태어난대도 나는 침묵 속에서 토해지는 신음을 받아주는 한 잔 술이 되기를 마다하지 않을 것이다. 내게 무슨 인생의 의미나 정답 같은 걸 기대하진 마시라. 하지만 나는 줄을 세우지 않을 것이며 높낮이를 구분하지 않을 것이고 도덕적 평가를 하지도 않을 것이다. 무엇보다 가짜 희망으로 인간을 눈멀게 하지 않으리라. 바닥의 깊이와 눈물의 맛을 제대로 아는 눈빛에 좀 더 호의를 둘 것이다. 동백꽃 같은 육자배기 가락으로 장단은 맞추지 못할지라도 술잔 앞에 돌아와 앉은 누이처럼 소리 없이 울어 주리라. 하되 오가는 인연에는 집착하지 않으리. 오직 한 점 이슬로 헌신할 터이니 그대는 기어이 살아남으라.

엎치락뒤치락 미몽에서 깨어나니 희붐하게 날이 밝아왔다. 그제야 가로등도 흐려진 눈을 감고 잠에 들었다.

회색, 그 모색의 시간

오늘처럼 그무레한 날엔 얼큰한 뚝배기 국물에 풋술 곁들여 잡담을 나누고 싶어진다. 문득 전화를 걸어 날씨를 들먹이며 머뭇거릴 때 얼른 알아채고 곁을 내어줄 친구를 찾기도 한다. 속내를 다 털어내지는 못해도 회색 그 어스레한 마음을 다독일 수 있다면 그로써 족하리라.

장대비가 쏟아지던 어느 여름, 선재도에 간 적이 있었다. 바다는 저녁 사냥을 나선 잿빛 늑대처럼 물갈기를 휘날리며 거칠게 출렁거렸다. 선창을 비켜 마을로 난 길을 따라 바다 가까이 찾아들었다. 아카시 나무로 덥수룩하게 뒤덮인 산등성이, 그 아래 바다로 난 작은 길은 인적이 끊겨 있었다. 가파른 생의 마디에 숨을 고르고 싶었을까. 빗속에 차를 세우고 오래도록 바다와 독대했다. 서늘한 자기 응시의 시간, 외로웠으나 자유로웠다. 하늘과 바다의 경계가 지워지고 세상이 온통 雨색이던 그때 하얀 낮, 검은 밤 사이에 회색이 존재함을 알았다.

돌이켜보면 건깡깡이로 살아 온 지난날은 처처가 회색 안개 속이었다. 나를 가린 것이 안개였는지 내 눈이 멀어 안개 속 같은 세상을 산 것인지 알 수 없었다. 더러는 갇힌 줄도 모르고 갇혀 살았을 것이다. 나를 가둔 대상은 여러 가지겠으나 십중팔구는 사람이었다. 사실은 실체도 없는 환영을 좇아 스스로를 가두었다는 게 맞을 터였다. 기쁨의 원천이면서 고통의 원인인 사람. 그럼에도 그늘이 잘 다스려지지 않는 흐린 날엔 사람 곁이 그리웠다. 상처 때문에 도망치기보다 부대끼면서 단단해지고 유연해지기를 바랐다. 인생살이는 여전히 안개 속이고 나는 지금도 실체와 환영의 구별에 영악하지 못하다.

지독한 회색 안개에 갇혀 길을 헤맨 적도 있었다. 지인의 장례식을 마치고 집으로 돌아오던 길이었다. 늦은 밤 외진 시골 길인 데다 차량의 불빛조차 안개에 삼켜져 무용지물이었다. 눈을 뜨고도 전후좌우를 분간할 수 없는 공포. 차라리 차를 버리고 걸어가고 싶었다. 온몸의 신경과 감각이 브레이크와 운전대에 집중되었다. 왔던 길을 머릿속으로 그려가며 더듬더듬 감으로 방향을 잡아야 했다. 10분이면 도착할 거리를 한 시간여를 헤매다 겨우 집에 도착했다. 후들거리는 다리로 쓰러지듯 누웠을 때 깨달았다. 삶이 얼마나 보이는 것에 의존해 있는가를. 낯선 상황에서 내 몸의 기능이 얼마나 무력한가를. 이튿날 나를 가두었던 안개 감옥은 환영처럼 사라졌다.

개구리처럼 온통 회색으로 뒤덮인 세상을 볼 수 있다면 생의 명도는 좀 더 분명해지고 안개 속을 헤매는 일 따윈 없을지 모른다. '개구리의 눈은 움직이지 않기 때문에 움직이는 사물만 인식한다. 이것은 처음 들어간 빛은 개구리의 시세포를 자극해 인지되지만 계속 비춰지는 빛, 즉 움직이지 않는 것은 인식하지 못하기 때문이다. 코앞에 파리가 앉아 있어도 알아챌 수 없다. 그러나 일단 파리가 움직이면 개구리가 보는 회색 세상에 움직이는 것은 파리뿐이다.' 개구리는 꼭 필요한 것만 보는 셈이다. 개구리 같은 시야를 갖고 있다면 삶은 훨씬 단순해지겠으나 다채롭게 바라볼 수 있는 지금이 백번 좋다.

회색은 하양과 검정이 혼재된 색이다. 유일하게 완전한 중간색으로서 회색을 탄생시킨 양극의 색처럼 색상환에는 나타나지 않기 때문에 그림자 색이라고 표현하기도 한다. 중립이나 배신을 상징하는 회색분자라는 말이 거기서 나왔음직하다. 그러나 세상사는 흑과 백처럼 분명하지 않다. 헷갈림이 없는 선명함은 안정적으로 보이지만 자칫 극단적이 되기 쉽다. 선명하지 않은 다른 것들을 배제할 위험이 있는 것이다. 회색은 하양이나 검정처럼 극단에 서 있지 않다. 의식과 무의식을 중개하는 다리 역할을 하면서 여러 가지 색으로부터 파생되는 다른 색들을 수용한다. 모든 가능성을 열어두고 색채의 풍요로움을 삶의 아름다움으로 연결시키는 신비주의자의 색이다. 패션, 인테리어, 포장 등 디자인 측면에서 상당히 세련되고 고급스러운 색으로 각광받는 이유도 그 때문일 것이다.

나는 어떤 색깔의 사람일까? 나는 내 색깔을 잘 모른다. 하나의 색깔로 정의할 수 없는 여러 가지 색들이 내 안에서 충돌하기 때문이다. 빨주노초파남보, 상황에 따라 각기 다르게 드러난다. 상대는 자기의 느낌에 따라 내 색을 정의할 테지만 그것은 부분일 뿐 전체는 아니다. 아마 여러 색이 혼재되어 나타나는 색일 텐데 그 색이 어떤 건지는 나도 정확히 알 수 없다. 파격의 미도 마다하지 않지만 대체로 명도나 채도가 강하지 않은 수수한 색채감을 좋아한다. 선명한 색의 장점을 인정하되 다양한 색의 조화에서 더 안정감을 느낀다. 그런 내 성향이 회색과 닮은 거라면 굳이 부정할 생각은 없다.

생의 종점에 이르는 동안 여전히 흐리고 갠 날 있을 것이다. 흑과 백 사이를 오가며 회색지대에 머물기도 할 것이다. 다만 환영 속을 헤매었던 그 모든 시간이 허방을 딛고 일어서는 힘이 될 수 있기를 바랄 뿐이다. 뒤척이며 자기 안의 혼돈을 다스리는 시간, 회색은 어쩌면 그런 삶의 완충지대가 아닐까. 한바탕 비가 쏟아지려는지 낮게 내려앉은 하늘이 시끄무레하다.

도 긴 개 긴

중고 서점에 갔다. 주인은 두꺼운 뿔테 안경을 코에 걸친 채 졸고 있었다. 오래 묵은 책들이 건네는 말들에 귀 기울이다 나는 비몽사몽 책들의 '썰전' 속으로 이끌려 들어갔다.

히스토리歷史 씨가 먼저 입을 씰룩거리며 심술궂은 어조로 입을 열었다.

"오늘은 어떤 족속들이 들어오나 보자고."

인문人文 씨가 시큰둥한 표정으로 말을 받았다.

"십중팔구, 그럴싸하게 뻔뻔한 수사로 칠갑을 한 자기계발 족이거나 당의정을 잔뜩 입힌 잡문 족, 아니면 팔자 좋은 트래블 족들의 식상한 여행기거나…."

가려운 입을 참지 못하고 엉덩이를 들썩이던 애니Ani 씨가 말을 가로챘다.

"요즘은 애니나 게임이 대세야. 화려하고 자극적인 그림, 짤막한 대화, 짜릿하고 시원한 결말, 캬아! 성질 급한 사람들 입맛에 딱이라니까. 인정사정없이 때려 부수고 무자비하게 피를 흘리고 보복하며 환상의 오르가슴을 선물하는 성인물까지… 우리만큼 화끈하게 카타르시스를 제공하는 족속도 없을 걸. 암!"

인문 씨가 눈살을 찌푸리며 냉랭한 어조로 받아쳤다.

"애니, 너무 나대지 마. 그만큼 쉽게 잊히는 것도 그대들이지. 세상이 이만큼 질서 있게 돌아가는 게 누구 때문인데. 바로 고리타분하고 허황되고 돈 한 푼 되지 않는다고 구박받는 우리 인문 족들 때문이라네. 사람들의 의식과 정신을 건전하게 자극하는 인문 족이 아니었다면 세상은 진작 암흑과 카오스 상태가 되고 말았을 걸."

히스토리 씨가 의도를 알 수 없는 애매한 표정으로 말을 이었다.

"근본 없이 무슨 이야기가 성립되겠나. 그래도 역사가 있어서 세상을 일목요연하게 볼 수 있는 거지. 인간세상의 흥망성쇠가 몽땅 내 안에 기록되어 있지 않던가. 사람들이 통찰력을 가질 수 있는 건 모두 내 덕분이 아닌가 싶네. 그런 혜안을 가진 사람이 많지 않다는 게 안타깝지만 말이야."

계발啓發 씨가 아니꼽다는 표정으로 말했다.

"글쎄, 뭐 세상이 어디 통찰력만으로 살 수 있나. 주위를 둘러봐. 세상은 온통 머니와 쾌락 컨셉이라고. 역사 속의 유장한 흐름, 통찰력, 말은 좋지. 하지만 그 느린 흐름에 시간과 돈과 마음을 쏟을 사람이 얼마나 될까? 사람들은 당장 위로받기를 원한다고. 쌈박하게 반짝거리면서 뭔가 당장 이루어질 것 같은 확신 말야. 생생하게 돈이 눈앞에 보이게 해야 한다니까. 자기계발이야말로 사람들의 비위를 맞추는 데는 안성맞춤이지."

트래블travel 씨가 거들먹거리며 끼어들었다.

"속도와 스트레스로 숨 가쁜 세상에서 나만큼 사람들에게 위로를 주는 책도 없지 싶은데 말야. 주변을 좀 보라고. 온갖 여행정보들로 넘쳐나잖아. 사네 못 사네 해도 무슨 때 되면 공항에 사람들 미어터지는 것 좀 보라고. 멀리 볼 것도 없어. 꽃 폈다고, 단풍 든다고 도로마다 차량들 나래비 선 거 이젠 뉴스도 아냐. 덩달아 맛집까지 신바람 났더구먼. 인생 뭐 별거 있나. 뭘 그리 심각해. 케 세라 세라! 카르페 디엠!"

한구석에서 진지하게 귀를 기울이던 수필隨筆 씨가 차분한 어조로 말을 꺼냈다.

"인생은 하루란 날들로 이어지지. 그 소소한 하루의 일상들이 바로 우리네 삶 아닌가. 그 삶을 표현하는 게 수필이지. 과장도 잘난 척도 하지 않는 그저 평범하고 수수한 사람들의 이야기. 잔잔하게 뜨겁게 온갖 삶의 편린들이 기록된 수필이야말로 인생의 진면목이라 말하고 싶어. 자기 고백적인 이야기 속에 담긴 성찰이야말로 이 세상의 균형을 잡아가는 힘이 아닐까. 해마다 쏟아져 나오는 수필집 숫자도 어느 베스트셀러에 못지않을 걸. 물론 개중엔 개나 소나 쓴 글이라고 비난받는 것들이 있긴 하지만. 이젠 제법 자성의 목소리가 나오기도 한다네. 나무와 독자들에게 덜 미안한 글을 써야 한다고 말이야."

고전古典 씨가 긴 침묵 끝에 어깨를 으쓱이며 말했다.

"듣고 있자니 가관이군. 잘난 것에도 기준이 있다네. 영원히 살아남으려면 나처럼 정통 고전문학의 반열에 올라야 한다고. 그 누구도 내 명성에 이의를 제기하진 않을 걸. 솔직히 수필 그거 뭐 아무나 쓰는 거 아닌가. 붓 가는 대로란 말을 왜곡하여 되는대로 쓰고 마구잡이로 쏟아내는 게 무슨 문학이란 말인가. 몽테뉴의 수상록이나 루소의 고백록쯤은 되어야 서가에 꽂힐 자격이 있지. 자기계발, 그게 책이었던가? 그건 가짜 확신으로 사람들을 기만하는 상술 아닌가? 그리고 애니, 재미있으면 장땡인가? 가상과 현실을 구분 못 하는 무뇌아에 범죄와 성충동을 유발하는 그 책임은 어떻게 질 텐가? 인문, 예전엔 제법 내 상대가 되었는데 요즘엔 너도나도 인문이란 이름을 달고 나와 완전 허풍선이가 된 느낌이야. 기왕 말이 나왔으니 말인데 인문, 자네에게 이름값 제대로 하라고 충고 한 마디 하고 싶네."

참을성 없는 애니가 체머리를 흔들며 비꼬듯 말했다.

"지금이 어느 세상이라고 명작이란 훈장을 들먹이나. 아는 사람은 다 알지. 돈이면 얼마든지 명작, 명품이 만들어지는 세상이라는 걸. 고전 씨가 좀 잘난 구석이 있는 건 인정하지만 너무 안하무인인 거 아냐? 빨주노초파남보, 인생은 다양성이야. 서로 어우러져야 해피한 삶이 이루어진단 말이지. 명작의 반열에 올라 있음 뭐하나. 가장 읽히지 않는 게 고전이란 말도 못 들어봤나. 어떻게 허구한 날 정식만 먹나. 하루 한 가지씩 먹어도 다 못 먹고 죽을 만큼 종류가 많은데 말이야. 걍, 냅두셔. 입맛대로 골라먹게. 지금 세상은 초감각이 지배하는 세상이고 우린 그 변화에 적응한 아주 영리한 족속이거든."

윤리倫理 씨는 아예 코를 골며 깊은 잠에 빠져 있었다.

고개를 외로 꼰 채 구석에 처박혀 있던 철학哲學 씨가 중얼거리듯 말했다.

"내 존재는 잊힌 지 오래야. 내 입에선 지금 곰팡내가 난다고."

분위기가 썰렁해지자 계발 씨가 부드러운 어조로 말을 바꿨다.

"좋아, 좋아! 그렇다 치자고. 다툼은 인간 세상의 일로 족하니. 아무튼 저들 세상이 잘 돌아가야 우리도 세상 빛을 자주 보지 않겠나. 이 서점에 들어 온 지 일주일째인데 사람들이 들춰보기만 하고 그냥 나가는 걸 보면 자기계발 붐도 한물 간 게 아닌가 싶네. 변화된 입맛에 맞는 새로운 메뉴를 개발할 때가 된 것 같아."

인문 씨가 침착한 어조로 마무리 멘트를 날렸다.

"자본과 인간의 탐욕이 맞물려 세상이 갈수록 혼탁해지고 있어. 단순히 잘 팔리고 안 팔리고를 좋은 책의 기준으로 삼을 수는 없을 것 같네. 우리끼리 잘났다고 떠들어봤자 세상이 달라진 게 없으니 다 헛것일세. 각설하고, 나는 초심으로 돌아가 보다 근본적인 인간 문제에 시선을 돌리도록 애써 볼 참이야. 각자 자신의 자리로 돌아가 우리가 과연 인간의 행복을 위해 무엇을 기여했는지 점검해 보세. 자, 오늘의

'썰전'은 이것으로 마치도록 하지."

　'썰전'은 진부하게 끝났고, 나는 미망의 어지러운 꿈속을 헤매다 빈손으로 서점을 빠져 나왔다.

화두

❀

　어떤 이미지는 우연히 마음에 스며들어 평생의 화두가 된
다. 오랜 세월 의식을 부침하던 그림의 이미지가 선명하게
모습을 드러낸 건 오십이 넘어서였다.

　'겨울 산을 오르는 사람' 한 남자가 눈보라 치는 산길을
혼자 오른다. 폭설에 묻혀 사라진 길 위에 새로 길을 내며
걷는다. 눈 위에 찍힌 발자국이 깊고 뚜렷하다. 신중하지만
머뭇대지 않는 걸음새. 흔들림 없는 뒷모습에선 정면 돌파
의 결단이 느껴진다.

　겨울나무 같은 남자의 결기가 나의 우유부단함을 자극했
던 것일까. 여백에 씌어 있던 시구는 잊었어도 남자의 뒷모
습은 오래 잊히지 않는 풍경이 되었다. 내가 겨울 산에 막연

한 동경을 갖게 된 것도, 등단 작품의 배경을 겨울 산으로 쓰게 된 것도 우연만은 아닐 것이다.

중년에 이르러 최북의 그림 '풍설야귀인風雪野歸人'에 마음이 끌린 것도 비슷한 연유이지 싶다. 풍설야귀인은 유장경의 한시 '봉설숙부용산逢雪宿芙蓉山'을 배경으로 하고 있다. 눈보라치는 어둔 밤, 한 나그네가 시동과 함께 집으로 돌아가는 길이다. 지팡이를 짚은 노인의 걸음이 거침없다. 첩첩산중 갈 길은 먼데 바람은 나뭇가지가 부러질 듯 거세다. 낯선 기척에 외딴집 검둥개까지 나와 극성맞게 짖어댄다. 시동의 숨가쁜 걸음에, 미처 땅에 닿기도 전 움직이는 노인의 지팡이까지 생생한 현장감이 압권이다.

최북은 세상이 자기를 알아주지 않는다고 송곳으로 제 눈을 찔러 애꾸를 만든 화가였다. 혹자는 그를 근본도 없는 광인이라 했지만 사실 그는 강세황과 더불어 심사정, 정선 다음으로 손꼽히는 조선시대 화가였다. 호생관毫生館이란 이름에서 알 수 있듯 최북은 그림으로 호구를 연명한 사람이었다. 내켜야 그리고 내켜야 팔았다. 벼슬아치입네 자신을 업신여기면 그 자리에서 그림을 찢고 돈을 돌려주었다. 그리기 위해 살고 살기 위해 그렸다. 아니, 그리기 위해 술을 마시고 마시기 위해 그렸다. '나는 내 길을 가겠노라', 신분차별이 심했던 조선시대 왕실의 광대가 되기를 거부하고 겨울나무 같은 기개를 지녔던 고독한 환쟁이였다. 그는 제 그림 속 나그네처럼 그림을 팔아 술을 마시고 돌아오는 길에 눈 속에서 동사했다.

그의 생애가 내게 던진 화두는 하나였다. 인생이라는 겨울 산을 정면으로 돌파해 나갔다는 것. 나는 그 반대쪽에 있는 사람이었다. 사실과 직면하기 전에 마음이 먼저 주저앉았다. 어떻게 하면 산 같은 시련들을 피할 수 있을까. 해결의 실마리를 모색하기보다 지레 포기를 선택했다. 어쩔 수 없다는 식이었다.

생각해 보면 인생 자체가 장애물 경기였다. 고산준령 한두 개쯤 넘지 않은 사람이 있을까. 높낮이의 차이는 있을지언정 누구나 크고 작은 생의 겨울 산을 오르락내리락하기 마련이었다. 문제는 산을 바라보는 내 마음의 눈이었다. 툭툭 털고 일어설 수 있는 작은 돌멩이를 바윗덩이로 여겼다. 느긋하게 숨 고르면서 넘을 수 있는 등성이도 태산인 양 압도되었다. 맞닥뜨리기보다 물러서고 도망치기 바빴다. 삶의 근력이 생길 턱이 없으니 늘 고통에 취약했다.

어느 겨울 태백산을 오른 적이 있었다. 폭설이 내려 무릎까지 빠지던 날이었다. 눈을 뒤집어쓴 나무들은 허리를 구부린 채 간신히 서 있었다. 길은 눈에 묻혀 보이지 않았고, '산다람쥐'인 친구도 겨우 길을 찾아냈다. 가파른 길은 끝이 보이지 않았고 호흡은 짐승처럼 거칠었다. 친구는 침착하게 호흡법을 가르쳐주며 속도의 완급을 조절했다.

수도 없이 미끄러지고 넘어지며 점심때가 기울어서야 산 정상에 다다랐다. 눈을 들어 바라본 순간 펼쳐진 설경에 아뜩해졌다. 신세계였다. 그때 거기 오르지 않고는 볼 수 없는 풍경이었다. 눈꽃나무가 된 주목들이 우뚝우뚝 서 있었다. 뭉텅 꺾이고, 찢기고, 속이 비었어도 여전히 위용을 잃지 않고 있었다. 아니, 죽어서 더 기품 있는 나무가 주목이었다. 태백산의 신령한 기운이 거기서 나오는 게 아닐까 싶었다. 이 무슨 생고생이냐고 투덜거리던 자신을 반성했다. 또 다른 세계를 등정할 수 있으리라는 자신감은 몸으로 깨우쳐 얻은 보상이었다.

작가란 이름이 더 이상 특별하지 않은 세상, 나도 말석에 한 이름을 얹어 글을 쓰게 되었다. 문학이란 겨울 산에서 반드시 통과해야 하는 문단은 넘어야 할 또 다른 협곡이었다. 무한 리필. 달라는 대로 쓰면서도 최북처럼 배짱을 부릴 용기는 없었다. 그의 자존심은 당대 최고의 화가들과 견줄 만한 실력에 있었다. 무엇보다 그에게는 기꺼이 고독과 가난을

회색, 그 모색의 시간 169

감수하겠다는 단단한 내공이 있었다. 제 그림에 정당한 평가를 요구하면서도 지나친 대가에 대해서는 비웃을 줄도 알았던 기인 화가. 그가 세속의 평판과 호의호식에 연연하였다면 당대 최고의 환쟁이는 되지 못했으리라. 자존심은 그렇게 세상의 눈보라를 뚫고 고독하게 자기만의 고지에 오른 사람의 특권 아닐까.

젊은 날 보았던 겨울 산 그림은 인생의 수많은 산들을 어떻게 넘어야 하는지에 대한 화두였는지 모른다. 일찌감치 그 의미를 예감했던 것과 달리 나는 현명하게 살지 못했다. 오래도록 막연한 패배의식과 두려움, 불안이라는 산맥에 갇혀 고전했기 때문이다. 정상에 오르는 걸음이 한 자 남짓의 보폭이듯 깨달음의 길에 비약은 없었다. 내게 정면 돌파란 그 허깨비들의 정체를 직시하며 우직하게 한 발짝씩 산을 넘는 것, 동굴 안에서 꺽꺽거리던 욕망에 숨길을 틔워주고 마침내 숨죽은 자존의 그늘을 꽃 피게 하는 것일 테다.

마음의 들창을 열어젖혔다. 동토를 치받고 올라오는 내 안의 저 여린 봄꽃을 위하여.

곰탱이

🌸

　나는 곰탱이다. 친구들도 이따금 같은 말을 한다. 칭찬인지 흉인지 아리송하다. 여러 함의가 있겠지만 선의로 해석한다. 곰탱이라서 더 좋다는 그 말을 믿고 싶은 것이다.

　곰탱이엔 종종 '미련'이 따라 붙어서 미련퉁이가 되기도한다. 미련, 딱 끊지 못하는 그 마음이 곰탱이와 닮은꼴이다. 결국 곰탱이와 미련퉁이는 한 통속인 셈인가. 사전적 의미로 느리고 둔하고 어리석은 것이 합쳐 곰탱이일진대 너무 맥없이 그 말을 받아들였나 싶다.

　원래 곰탱이는 '곰의 잠자리'를 뜻하는 말이라고 한다. 세월의 부침을 겪으면서 이런저런 의미가 덧입혀지고 변형되었을 것이다. 이덕무의 《이목구심서耳目口心書》에 보면 곰이 미련함과 어리석음의 대명사가 된 배경이 나온다.

> "곰과 호랑이가 싸울 때 호랑이는 발톱과 송곳니를 드러내고 위협하는 반면, 곰은 사람처럼 몸을 일으켜 세우고서 대뜸 큰 소나무를 꺾어 힘껏 내려칩니다. 한 번 내려치고 나선 쓰지 않고 버리고 다시 소나무를 꺾는데, 고생만 많고 힘이 분산돼 결국 호랑이에게 잡아먹히게 됩니다. 그래서 세상에서 어리석은 자를 놀릴 때 반드시 곰이라 일컫는다,에서 유래되었습니다."

믿거나 말거나 한때 동물의 제왕 혹은 원시 신앙의 신으로 추앙받던 곰의 입장에선 꽤나 억울한 오명일 듯싶다. 곰탱이 입장에서 나도 한 번 낱낱이 따져보지 않을 수 없다.

느리다— 그건 확실하게 말할 수 있다. 난 결코 느리지 않다. 밥 한 공기 먹는데 5분이면 충분하니까. 어느 날 남편이 참다못해 한 마디 던진 적 있다. "같이 밥 못 먹겠네!" 덧붙인 말이 가관이다. "누가 뺏어먹나, 그렇게 교양이 없어서야…." 황당해서 동생에게 일러바쳤더니 "교양하면 언니 아냐? 잠자는 시간 빼곤 책을 달고 사는 사람인데! 근데 언니가 좀 급하긴 하지." 아군인지 적군인지 분간 못할 말투다. 여하튼 곰탱이의 느림과는 상관이 없다는 말이다.

둔하다— 이 또한 내게 해당되는 말은 아니다. 말은 느린데 행동은 왜 그렇게 급하냐는 지청구를 종종 듣기 때문이다. 감성도 여려 터져서 드라마인 줄 뻔히 알면서도 삼각관계로 접어드는 긴장된 상황을 견디지 못하고, 중상모략이 절정에 이를라치면 눈과 귀를 닫아버린다. 지나치게 예민한 거울신경을 갖고 있다는 게 탈이라면 탈이다. 문자적으로도 새가슴이니 둔함과는 사돈의 팔촌도 되지 않을 것이다.

어리석다— 이 대목에선 망설임 없이 고개를 끄덕인다. 어릴 적 어머니가 그러셨다. "그렇게 어수룩해서 세상 어떻게 산다니!" 그 어수룩이 어리석다는 말과 한 끗 차이라는 걸 알게 된 건 그리 오래지 않다. 돌아보니 맞는 말씀이다. 세상 물정에 밝지 못하고, 잇속 없는 일에 열정을 바치고, 겨우 제 앞가림하면서 사는 처지에 턱없이 이상을 좇아 살았다. 업적이라곤 이 나이 되도록 살아냈다는 사실 뿐인데 그다지 뼈아픈 후회도 없다. 허허.

자신이 곰탱이라는 걸 알고도 자족하는 데는 나름 이유가 있다. 길을 가다보면 '곰탱이 고깃집', '곰탱이 찻집' 등등 꽤 많은 상호가 곰탱이에 기대고 있다는 걸 확인할 수 있다. 아이들도 곰탱이 인형은 만만히 여겨 즐겨 가지고 논다. 게다가 나는 곰탱이를 알아보는 따뜻한 눈을 가진 분들 덕에 은

혜를 입은 적이 많았다. 때로 말은 인간사와 희로애락을 같이 하면서 문자적 의미보다 속뜻이 더 웅숭깊어진다. 곰탱이든 여우든 말에 따라붙는 호의와 악의의 관건은 결국 자신에게 달렸는지 모른다.

그렇다고 언제나 그 별칭이 흔쾌하기만 했던 건 아니다. 예민함과 곰탱이는 서로 친한 관계가 아닌데 어쩌다 그리 되었을까. 배경을 추적하다보니 루쉰의 소설 속 인물 '아큐'가 떠오른다. '아큐'는 부당한 폭행, 부당한 대우를 받아도 늘 "맞을 만해서 맞았겠지, 내가 문제가 있으니 그랬겠지" 합리화를 해버린다. 맞은 이유를 따지지도 저항도 하지 않는다. 현실에선 졌으나 정신세계에선 이겼다고 자위한다. '아큐'의 반복된 정신승리법은 노예의식으로 굳어지고 마침내 그를 죽음으로 내몰았다.

돌이켜보니 나도 비슷한 경험이 있었다. '내가 참고 말지. 똥이 무서워서 피하냐 더러워서 피하지.' 억울하면서도 그렇게 도피했다. 왜 내가 그런 부당한 대우를 받아야 하는지 묻기보다 '아큐'처럼 자기합리화의 정신승리법을 앞세웠던 것이다. 속내야 피투성이가 되건 말건 겉으론 아닌 척 의연한 척 심지어 '아큐'처럼 웃고 다녔다. 필경 정신승리법으로 위장된 허세였을 것이다. 내게 일말의 패배의식이 있다면 거기서 비롯되지 않았나 싶다. 다행인 건 '아큐'는 왜 죽는지도 모르는 채 총살형을 당했지만 나는 아직 살아서 반전의 역사를 쓸 시간이 남아 있다는 거다. 비겁하게 정신승리법으로 도피하는 것은 진짜 곰탱이의 근성이 아니다.

곰탱이의 실상을 선언처럼 가슴에 담는다. 스스로 곰탱이임을 아는 자, 곰탱이가 아니다. 곰탱이의 은유를 즐기며 사는 자, 더 이상 패배자가 아니다. 속도에 미친 세상에서 둔하게=느리게 사는 건 여유다. 창보다 강한 게 공감이고 원천은 섬세한 감수성이므로 예민함은 장점이다. 어수룩함은 숫되고 되바라지지 않은 내 성격의 껍데기일 뿐이다. 곰탱이지만 곰탱이가 아니라는 모순 어법, 이 얼마나 흐뭇한 역설인가. 에헤라디야!

視

시간의 느린 발걸음을 헤아린다. 깨지면서 유순해지는 상처의 미학을 떠올리기도 한다. 둥글둥글 빚어진 검회색 몽돌, 파도에 쓸려가는 소리조차 모음이다. 명랑한 리듬으로 울려 퍼지는 몽돌의 화음, 고저와 강약은 익살맞은 바람의 추임새다. 얼마나 긴 어루만짐 끝에 저렇게나 둥근 화엄 세계를 이루었을까.

몽돌 한 개를 집어 든다. 그저 평범한 돌이다. 수많은 돌들 중에 왜 이것인지는 나도 알 수 없다. 느낌에 따랐을 뿐이다. 몽돌은 금세 노래를 멈추고 과묵하다. 싱싱하게 살아 빛나던 색이 생기를 잃고 침침하다. 몽돌의 표정을 외면하고 손에 움켜쥔다. 화엄의 리듬은 사라지고 마른 돌의 까칠함만 손끝에 남았다.

　책상 위에 놓여 있는 몽돌을 바라보다 원하는 돌을 찾기 위해 산천을 헤맨 화가를 떠올렸다. 오랜 시간 끝에 마음에 드는 돌을 발견했을 때 사람들은 물었다. 왜 꼭 그 돌이어야 하냐고. 여느 돌과 크게 달라 보이지 않아서였다. 화가는 자신도 잘 모른다고 답했다. 돌의 진가는 작품 안에서 드러났다. 어떤 이는 그 돌 앞에서 평화를 얻었고 어떤 이는 눈물을 흘렸다. 단순한 사물이 아니라 교감이 가능한 대상으로 거기 있었다. 작가가 그 돌을 선택한 이유는 우연이 아니라 오랜 훈련으로 다져진 감각이고 안목이라는 걸 느낄 수 있었다. 안목에 따라 어떤 건 예술이 되고 어떤 건 한낱 돌멩이가 되기도 하는 것이다.

　그 차이가 무엇일까. 돌의 성질을 아는 일은 기본일 터였다. 대상의 선이나 유려함, 수수함이 모두 돌이 본래 지닌 성질에서 나올 것이기 때문이다. 돌을 안다는 건 자연을 아는 일이고 그 흐름 속에 축적된 시간의 깊이를 안다는 의미기도 했다. 결국 진정한 안목은 대상에 대한 오랜 관찰과 더불어 그 속에 담긴 본질적 미를 알아볼 줄 아는 탐구의 깊이가 있어야 가능한 일이었다. 그 깊이로 인해 화가는 대상과 혼연일체가 되는 작업이 가능했고, 대상 자체가 지닌 순정한 미감을 오롯이 전달할 수 있었으리라.

아무렇지 않게 놓인 돌을 바라보며 내 시선의 깊이를 헤아렸다. 나는 돌에 대해 아는 것이 없었다. 기껏해야 색이나 모양 느낌 따위를 진부하게 표현할 뿐이었다. 보이는 대로만 보고 그가 지닌 존재성을 읽어내지 못했다. 연출도 능하지 않으니 묵은 틀을 벗어날 수 없었다. 심금을 흔들었던 화가의 돌 역시 탁월한 안목을 지닌 그의 연출 덕분 아니던가. 있어야 할 자리를 찾아주자 대상은 스스로 말을 했다. 어떤 공간에 어떻게 놓이느냐에 따라 울림이 달라졌던 것이다.

내 글의 소재로 사용된 존재들을 떠올렸다. 저 돌처럼 무심하게 끌어들인 것들도 꽤 있었다. 애면글면 다독인 시간이 없지는 않았다. 예술이란 흔히 그것이 지닌 본래의 아름다움을 드러내는 것이라는데 그 대상의 진면목을 제대로 알기는 했을까. 알지 못하면서 아는 척 느낀 척 꾸미느라 헛힘을 많이 썼다. 척으로 쓴 것에 무슨 울림이 있겠는가. 나이 들어 영악한 것 중 하나는 척을 귀신같이 알아챈다는 것이다.

얼마 전 백자 달항아리를 보러 중앙박물관에 갔다. 혜곡 최순우 선생의 백자 달항아리에 관한 예찬을 읽고 마음이 동해서였다. "백자 항아리들에 표현된 원의 어진 맛은 그 흰 바탕색과 아울러 너무나 욕심이 없고 너무나 순정적이어서 마치 인간이 지닌 가식 없는 어진 마음의 본바탕을 보는 듯한 느낌이다." 감상이 중요한 창의적 과정이란 말은 옳았다. 선생의 말에 함축된 의미를 느끼기 위해 한참을 서서 달항아리의 자태를 바라보았다. 표현의 지극함과 깊이는 안목의 차이에서 오는 것일진대 혜곡 선생과 내 감동의 깊이가 다른 것은 자명한 이치였다. 달항아리를 이루고 있는 흙의 수더분하고 순한 성질을 읽어내고 그것을 우리 민족의 결과 연관시키는 선생의 안목은 한평생 대상을 끌어안고 어루만진 혜안이기에 가능한 일 아니겠는가.

비단 사물을 보는 일뿐일까. 안목은 삶에서 더 중요한 영향을 미친다. 사람에 대한 안목은 인생을 좌우하기도 한다. 몽돌처럼 둥근 것들은 닿아 있으면서도 틈새가 있어서 관계의 화음을 만든다. 화음의 완성도는 틈새를 운용하는 나의 안목에 달려 있을 테다. 내가 서 있는 이 자리 역시 안목의 결과일지 모른다. 이리저리 한눈팔고 산 세월이 길었다. 눈이 흐려지고 나서야 깨닫는다. 정작 놓치지 말았어야 하는 건 자신을 보는 안목이었다는 걸.

짐승과 인간 사이, 學生으로

❋

"우리 어매, 마지막 큰 공부하고 계십니다."

어머니의 임종을 마주 한 어느 시인의 말입니다. 죽는 일이 인생 마지막 큰 공부라네요. 그렇게 돌이킬 수 없는 어머니의 죽음을 위로하고 싶었던 걸까요.

애당초 배움 없이 산다는 건 불가능한 일인가 봅니다. 걸음마에서부터 밥벌이, 인간관계 등 어느 하나 공부 없이 되는 일은 없으니 말입니다. 단순히 지식을 얻는 일뿐 아니라 인생에 대한 통찰력을 가지고 제 앞가림을 해낸다는 건 결코 만만한 일이 아닙니다. 뿐인가요. 진리라든지 사랑 자유 죽음 같은 추상의 세계를 공부하는 일은 더 아득합니다. 그러고 보니 한낱 짐승에서 인간이 되는 과정에는 수많은 배움과 시행착오가 있다는 걸 알겠습니다.

삼십여 년 전 저명한 철학 교수가 한 책의 서문에 썼던 글이 생각납니다. "나는 아직도 인간이 가야 할 길을 찾고 있다." 이순을 넘긴 나이에 아직도 갈 길을 찾는다니, 당시 그는 뭇사람의 존경을 받는 스승이었기에 그 말의 진정한 의미를 이해하기 어려웠습니다. 어느 날 그는 정치판에 끼어들었고 합류했던 정치가 실패하자 은퇴했습니다. 그로 인해 학자로서의 품위는 손상되었고 그의 말은 설득력을 잃었습니다. 그가 명예를 실추시키면서까지 정치판에 뛰어들어 찾고자 했던 인간의 길은 과연 무엇이었을까요.

이순 중반에 접어들어서야 그 교수가 했던 말의 의미를 알 것 같았습니다. 저는 한 개인의 안위를 염려하는 생계형 소시민이었지만 그에겐 더 큰 뜻이 있었던 거지요. 그릇의 크기가 달랐던 겁니다. 그가 지향하는 길에는 '우리'라는 가치의 방향이 있었습니다. 비록 어떤 시도가 실패했다 하더라도 그 뜻만큼은 존중해 주어야 한다는 생각이 들었습니다. 앎을 실천적 가치로 연결시키는 일은 철학자의 엄중한 과제일 수 있습니다. 아무 것도 시도하지 않으면 아무 것도 달라지지 않을 테니까요. 그는 죽을 때까지 인간 탐구의 자세를 놓지 않았습니다.

니체가 신의 죽음을 선언한 이래 인간이 스스로 진리를 찾을 수 있는가 하는 문제는 오랜 화두인 듯합니다. 이슬 같이 스러지는 인생을 사는 존재가 *'천 개의 고원'을 모두 학습하고 진리를 찾기는 어려울 것입니다. 디지털 세상의 특혜라면 천 개의 고원을 손바닥에 놓고 거칠게나마 더듬어 볼 기회를 갖는다는 것일 텐데요. 세상의 거의 모든 학문을 일별할 수 있다 해도 과언이 아닐 만큼의 지식과 정보들이 각종 매체를 통해 쏟아집니다. 마음만 먹으면 언제 어디서나 인문학 역사 철학 문학뿐 아니라 다양한 장르의 예술을 선명한 영상으로 접할 수 있는 신세계입니다. 다만 자칫 길을 잃고 공중 부양할 수 있으므로 수시로 이정표를 확인해야 합니다.

디지털의 신세계를 유영하면서 각 분야의 숨은 고수들을 만났습니다. 시대를 읽는 남다른 안목, 사물을 바라보는 섬세한 감수성, 대상에 집중하는 끈기, 열정, 지극함이 탁월했습니다. 한 사람이 성취한 예술성은 고독과 부단한 수련 속에 형성되며 공들인 시간과 노력에 비례함을 확인할 수 있었지요. 내가 자기 복제와 다를 바 없는 글을 재생산하는 원인이 좁은 시야와 중력처럼 발목을 잡고 있는 관성, 방향 없는 열정, 체계 없는 지식과 번다한 일상에 있음을 알 수 있

있습니다. 그나마 다행인 건 배우려는 자세만큼은 순정하다는 사실입니다. 글을 쓰는 사람으로서 경계 없이 다양한 장르의 고수들을 만나고 배울 수 있는 시대에 산다는 건 참으로 복된 일입니다.

만 가지 공부 중에 으뜸은 사람 노릇을 배우는 일이 아닐까 싶습니다. 수필은 특히나 됨됨이가 곧이곧대로 드러나는 장르여서 손끝 재주만으로는 좋은 글을 쓸 수 없습니다. 인간에 대한 배경지식 없이 됨됨이를 말하기는 어렵겠지요. 저마다 해석이 분분하겠지만 존재에 관한 고수들의 철학적 통찰은 인간을 바라보는 사유의 지평을 넓혀 줍니다. 내가 말이나 글에서 좀 더 섬세하게 인간의 근원적 고통에 접근할 수 있다면 그건 저 고수들의 공부를 어깨너머로나마 들여다본 덕분일 겁니다.

가르침을 주는 스승은 비단 인간만이 아닙니다. 천지 만물이 스승입니다. 좌절과 결핍을 극복하면서 꽃 피우는 일상 속 작은 존재들이 내게 용기와 지혜를 줍니다. 어느 수목원에서 쓰러진 채 꽃을 피운 나무를 본 적이 있습니다. 뿌리가 거의 뽑히다시피 드러나 있었습니다. 태풍에 호된 피해를 입은 것이지요. 서 있는 나무 못지않게 소담스레 꽃을 피웠습니다. 나무를 바라보는 사람들의 눈길이 한결 애틋했습니다. 내가 저 정도로 상처를 입었다면 저렇게 구김살 없이 웃을 수 있을까 싶었습니다. 한 가닥 뿌리에 기대어 굳세게 일어서는 나무의 의지가 작은 고통에도 엄살하며 주저앉는 나 자신을 부끄럽게 했습니다.

학생부군신위學生府君神位. 필부로 살았던 사람의 지방紙榜에 쓰는 글이라지요. 의미심장하게도 망자를 '배우는 학생으로 평생 살다 돌아가신 분'으로 묘사합니다. 산다는 건 곧 배우는 일이란 뜻일까요. 저는 아직 살아 있으니 현역 학생인 셈입니다. 배움을 현실과 접목시키는 일은 늘 숙제겠지요. 비록 실용성과는 거리가 먼 공부지만 정신의 기립근이나마 단단히 세울 수 있다면 그것으로 족합니다. 이제 누군가 당신은 무엇으로 사는가 묻는다면 공부하는 재미로 산다 해도 주제넘은 대답은 아니지 싶습니다. 기왕이면 한 인생 제대로 배워서 학생의 본분을 다 할 수 있으면 좋겠습니다.

* 《천 개의 고원》: 질 들뢰즈와 펠릭스 가타리 저서